BOOMERANG

Nous piétinons éternellement aux frontières de l'inconnu, cherchant à comprendre ce qui restera toujours incompréhensible.

Et c'est précisément cela qui fait de nous des hommes.

Isaac Asimov

Préambule

Nous ne mesurons pas à quel point les scientifiques sont embarrassés par la confrontation avec une civilisation extraterrestre et plus encore, d'en accueillir un représentant sur notre Terre. C'est le propos de ce roman.

La présence à son bord d'un humanoïde, lors du retour accidentel d'un vaisseau interstellaire dans la ceinture de Kuiper, est loin de susciter l'enthousiasme des autorités spatiales telles que la Nasa et l'Esa. Après s'être assurées qu'il ne s'agissait pas d'une comète ou d'un astéroïde, elles se réfugient d'abord dans un mutisme prudent. Plus tard, l'intention des Russes de le faire atterrir provoque la plus vive hostilité des pouvoirs occidentaux. Surgissent les craintes d'une pandémie et les peurs d'une confrontation avec une créature qui pourrait être hostile, ce qu'exprimaient déjà des personnalités de renom comme l'astrophysicien Stephen Hawking et le physicien de la théorie des cordes Michio Kaku. « Une fausse bonne idée voire une idée terrible ! ».*

**Zone du Système solaire se situant au-delà de l'orbite de Neptune analogue à une ceinture d'astéroïdes.*

Radiotélescope VLA - Nouveau Mexique

Il faisait encore nuit lorsque Jeff Magnus quitta sa chambre du Monterey Motel. Pensif, il venait d'avaler une demi-boîte de brownies, abandonnée là entre ses affaires. Il traversa une vaste étendue balayée par le vent, guidé par la lumière de la cafète, pour prendre place au comptoir, histoire d'échanger quelques mots avec Mary, la patronne, ainsi qu'avec les rares voisins qui se levaient à l'aube. Il avait besoin de la clé du hangar où elle entreposait pour rendre service, toutes sortes d'antiques guimbardes illicites fonctionnant au « gas ». Il y avait longtemps que la police ne prêtait plus attention à la circulation, depuis longtemps interdite, de ces engins thermiques pétaradants. Son casque à la main et son blouson râpé trahissaient ce matin-là, les intentions de Jeff.

— Alors, un trip *easy rider,* Jeff ? Ça fait longtemps ! demanda Mary, tout en lui servant son café avec un léger dodelinement de la tête.

— Ouaip, répondit-il, tout en lui faisant comprendre d'un geste de la main, pouce tourné vers le bas, qu'il avait besoin de quelques gallons.

— Bien sûr, sers-toi. Tu me diras ce qui reste.

Il eut quelques difficultés à ouvrir le cadenas. En pénétrant dans l'antre sans éclairage, il se dirigea au jugé, lorsqu'il reconnut tactilement la selle et le guidon de sa vieille Harley. Il la chevaucha, branla la machine de gauche à droite pour se confirmer, au bruit du clapot dans le réservoir, qu'il avait besoin de carburant. Oh quel vilain mot : carburant, depuis longtemps banni ! Ce liquide poisseux et nauséabond n'était-il pas la cause de toute cette pollution au carbone ?

Depuis trois ans déjà, il empruntait quotidiennement la route depuis Albuquerque jusqu'au VLA*. Mais en ce début de printemps, il avait espoir d'admirer enfin le lever du soleil sur la chaîne San Andres, dont l'éclat sur la neige au travers de la trouée du col de San Augustin avait quelque chose de féerique, tout autant que ces exhalations d'essences de saguaros et de plantes grasses du désert que l'on ne respire qu'à moto. Cela romprait la monotonie du trajet… et de son quotidien de radioastronome, songea-t-il. On pourrait croire les journées de Jeff au VLA, oniriques, glorieuses, parce qu'émaillées sans cesse de découvertes passionnantes, de mystérieuses comètes venues des confins de l'univers, ou de nouvelles planètes telluriques et, pourquoi pas un jour, d'indices d'une vie extraterrestre intelligente.

Le **Very Large Array ou VLA. Le très grand réseau, est un radiotélescope situé dans la plaine de San Augustin, rattaché au National Radio Astronomy Observatory, Il est formé de 27 antennes paraboliques identiques, larges de 25 m chacune, qui se déplacent sur des voies de chemin de fer disposées selon un tracé formant un immense Y.*

Bercé par les vibrations du V-Twin et par les airs entêtants de Courtney Barnett, rockeuse néo soixante-huitarde, il rassembla ses pensées sur la route déserte et rectiligne pour se représenter mentalement l'emploi du temps de sa journée. Qu'allait-il imaginer pour en rompre l'uniformité ? Curt, son collègue malade depuis peu, avait sans doute consigné ses observations du vendredi précédent. Une habitude qu'il affectionnait lorsqu'un scrutateur venait à manquer, même s'il n'y avait rien de remarquable à signaler. Il trouvait ça si désuet ! Un échange verbal aurait fait tout aussi bien. L'aube se levait sur la grande plaine, dardant ses rayons fauves. Déjà, on devinait l'alignement à l'horizon des premières antennes du réseau en « Y » de l'observatoire. Cette disposition, apportait au VLA, en combinant l'observation de chacune des antennes, une résolution record d'un centième d'arc. On n'avait jamais fait mieux depuis.

 Mais l'époque n'était plus aux radiotélescopes géants et au SETI*, institut chargé de la détection d'ondes radio électriques émises par d'éventuelles civilisations extraterrestres. En fait, depuis déjà plus d'un siècle, aucune émission d'ondes autres qu'humaines n'avait été enregistrée.

Search for Extra-Terrestrial Intelligence, généralement désigné par son acronyme **SETI, regroupe des projets scientifiques essentiellement américains dont l'objectif est de détecter la présence de civilisations extraterrestres avancées.*

On avait alors recyclé les radiotélescopes existants en sentinelles d'observation des météorites et des comètes géantes traversant le nuage de Oort, au-delà de l'orbite de Pluton, qui risquaient un jour de percuter la Terre.

Après la traversée du parking, Jeff s'appropria une place au pied de l'entrée de l'observatoire. Il s'extirpa de la selle de sa monture chromée, non sans remonter son pantalon qui lui arrivait maintenant à mi-fesses. Sans doute un des effets vibratoires du V-Twin ? Il salua les trois personnes de l'équipe présente ce matin autour de la machine à café, où il prit soin de demander des nouvelles de Curt. Ce n'était pas grave selon eux, une sorte de crise de foie sévère, mais la convalescence serait longue, peut-être deux à trois semaines.

— Il t'a laissé des instructions sur son cahier bleu, tu verras, avertit l'un d'eux en le dévisageant, non sans un clin d'œil amusé.

— Pourquoi il ne m'a pas appelé ? déplorait Jeff en haussant les épaules.

— Pas dans son assiette vendredi dernier. Il a sans doute préféré griffonner les idées comme elles venaient, plutôt que de t'appeler.

Cette manie de tout consigner par écrit, c'était la marotte de Curt. Au VLA, mais sans doute aussi partout ailleurs, il était le seul à noter à la main, sans compter ses nombreux petits croquis, voire de graffitis, toutes ses observations du jour sur d'antiques cahiers d'écolier à petits carreaux qu'il avait chinés, ainsi qu'un traceur à encre de Chine qui écrivait très fin : une rareté. Ces cahiers annotés, il en avait accumulé une vingtaine, constellés de pattes de mouche, en presque vingt ans de carrière au bureau des scrutateurs. Chacun était daté sur la couverture.

Jeff déplia la feuille de consignes posée là devant son écran et compulsa la liste de ses observations de la semaine. Une litanie de banalités excepté à la fin, entre deux ratures, un triangle et son point d'exclamation pointaient les coordonnées d'un des astres observés, comme pour attirer l'attention sur quelque chose d'anormal.

Curt indiquait qu'il avait remarqué cet objet céleste, il y avait déjà six mois. Qu'il était à peine détectable car, nettement plus petit qu'une comète. Curt semblait divaguer : il alla jusqu'à affirmer dans ses notes que l'objet ralentissait et qu'il se dirigeait probablement droit vers la Terre. Il invitait Jeff à examiner tout cela, comme l'inclinaison de sa trajectoire par rapport au plan de l'écliptique et surtout, à déterminer si l'axe des nœuds passait ou non par la Terre. « Quelle bizarrerie y avait-il dans ses intuitions ? » se demanda Jeff lorsqu'il estimait que l'objet décélérait et que son déplacement n'obéissait pas à la loi des aires. C'était un non-sens en astronomie !

Les vérifications demandaient de fastidieux calculs. Jeff se trouvait devant un dilemme. Soit ses élucubrations reflétaient déjà les symptômes du malaise de Curt soit était-il confronté à La découverte de sa carrière ? La radio astronomie a toujours été considérée comme subalterne, devant toutes les autres sciences d'observation de l'Espace. Il suffisait de comparer les budgets et surtout l'âge des installations. Face aux gigantesques télescopes construits depuis moins de dix ans au Chili, le VLA n'avait pas moins de quatre-vingts ans. Souvent, les antennes s'arc-boutaient sur leurs rails de positionnement. Par manque de maintenance ? Sans doute. Ou était-ce plutôt le signe d'une déconsidération ?

Armé d'un énorme paquet de donuts au chocolat et d'un deuxième café, Jeff commença ses calculs. Il avait remarqué que l'objet… comment allait-on le baptiser ? Était déjà mentionné dans le cahier précédent.

Une fois déterminé le plan de la trajectoire, il constata que la décélération était constante et proche de « g », soit celle de la pesanteur terrestre. Il n'y avait que quatre données enregistrées, c'était très peu bien sûr, mais la coïncidence n'était-elle pas troublante ? Aucun objet céleste naturel ne décélère de la sorte !

Une autre particularité : l'axe des nœuds passait bien par la Terre. C'en était trop ! Qui pouvait bien venir à notre rencontre de si loin !

Cathy, une jeune étudiante chercheuse à la chevelure rousse des plus exubérante s'approcha tout sourire de son bureau. Elle usa du stratagème de lui chiper un de ses derniers donuts, pour faire connaissance. Il lui semblait que ce radioastronome d'apparence ténébreuse avait autre chose à offrir. Il fallait juste le dérider, le découvrir.

— T'es plus disert d'habitude. Qu'est-ce qui te plombe aujourd'hui ?

— Curt et ses lubies, répondit-il, légèrement agacé.

Il hésita à appeler Curt pour qu'il lui confirme son intuition ou bien préfèrerait-il garder tout ça pour lui et pourquoi pas, se voir attribuer seul, la primeur de la découverte. Il releva la tête, le visage radieux devant elle pour affirmer à haute voix : « Oui, cet objet, je le baptise Magnus ! » qu'il inscrivit sur le cahier de Curt. Elle ne posa aucune question à propos de cette fulgurance.

— Dis donc Jeff, elle est superbe ta Harley ! Tu m'emmènes un de ces quatre ? lança Cathy.

Elle savait que Jeff vivait sans copine attitrée.

— Ok, fit-il. Plus tard, plus tard… J'ai encore des trucs à vérifier.

Sur quelques feuillets, il décrivit la trajectoire de la comète singulière, et envoya le tout par courrier postal au M.W. Jackson building à Washington, siège de la Nasa. Un courrier postal avait dans son inconscient, infiniment plus de valeur qu'un mail. D'ailleurs, à la Nasa, à qui s'adresser ?

Le lendemain, Cathy, ravie, remarqua que Jeff avait apporté un casque supplémentaire. Curt, lui, était toujours cloué au lit.

Dès la réception du pli en provenance du VLA, Washington se chargea de vérifier les hypothèses et les calculs de ce Jeff Magnus. La Nasa se méfiait naturellement du SETI, avec lequel elle partageait les budgets alloués à l'exploration spatiale. À Albuquerque, de fil en aiguille, Cathy avait pris goût à ses tours à moto dans le désert. Curt s'était remis de sa jaunisse et revint se plonger dans ses cahiers. Il faillit s'étrangler lorsqu'il constata le vol de sa découverte par son proche collègue en qui il avait entière confiance. L'équipe des scrutateurs le dissuada de se faire porter pâle à nouveau pour cause de « burn-out ». Il en fut quitte pour faire aménager chez lui une ligne directe sécurisée au nom de Curt Roy. Il pourrait ainsi récupérer toutes les données d'observation du centre, depuis son domicile et même orienter et déplacer lui-même à distance les antennes du radiotélescope pour ses besoins exclusifs. L'évènement le plus inattendu de cette histoire, c'est qu'un jour, l'objet « Magnus » était devenu quasi immobile, stoppé là, à une distance respectable de 8 unités astronomiques, soit à 1,2 milliard de kilomètres de la Terre.

Jeff profita du courrier retour de la Nasa qu'il avait intercepté sans en faire part à Curt, pour noter le nom de son correspondant : Archie Dickens. Il prit aussitôt un billet pour Washington, jugeant que, comme découvreur de cette comète à la trajectoire si singulière, toute action, toute décision à son sujet devait passer par lui. Il appela Archie pour l'informer qu'il allait le rencontrer sans tarder au siège de la Nasa. Jeff Magnus, scrutateur au VLA, les yeux malicieux, le bouc taillé en pointe, les groles usées, tout comme sa veste râpée qu'il n'avait pas renouvelée depuis qu'il avait quitté l'université, n'avait aucune publication à son actif. Aussi, sentait-il avec « Magnus », poindre son heure de gloire. Son bronzage et son début de quarantaine presque juvénile le déconsidérait. Il décida de changer d'apparence. Il rasa sa barbe et domestiqua sa chevelure, en se faisant passer pour plus âgé qu'il n'était. Cathy le briefa sur le « dress code » en vigueur chez les directeurs de laboratoire ; cravate noire unie, chemise blanche infroissable et lunettes en écaille. Il remisa sa Harley au garage. Comme il voulait en remontrer à ses ex-copains de fac de Washington ! A ceux qui avaient déjà gagné une certaine notoriété pour avoir publié sur le sujet porteur du moment : les signes de présence d'une vie intelligente sur quelques exoplanètes telluriques. Ils étaient fort bien considérés par la communauté scientifique et tellement mieux lotis avec leurs budgets qui faisaient pâlir d'envie ses collègues du VLA !

S'il venait avec Cathy ? Ça poserait son homme. Il la présenterait comme son assistante thésarde. La comète « Magnus » qui avait rejoint le Système solaire d'une manière si atypique en décélérant, ne serait-elle pas assimilable à un vaisseau spatial ? Rien ne pouvait s'expliquer autrement ! Il ne fallait pas manquer le coche et laisser échapper la paternité cette découverte entre les serres des prédateurs de la Nasa.

Ils avaient rendez-vous le mardi suivant avec Gérald Janksy, PhD, une pointure de l'astronomie de la Côte Est. Cathy l'identifia sur le trombinoscope de la grande agence spatiale. Ce WASP brillant, archétype du carriériste, la mâchoire large et carrée, le sourire conquérant, l'assura par son intuition que ce rendez-vous allait se révéler inutile.

– 2 –

Cirque de Navacelles – France, région des Causses

Quelques années auparavant

Déjà un mètre de neige ce soir, déplora Carole. Elle exhorta sa fille Céline, de rester, de ne pas aller passer la soirée chez son copain Anton.

— Tu sais, c'est loin Soubès et avec cette tempête, je ne serais pas tranquille de te savoir bloquée sur cette piste.

— C'est déneigé maman ! lui répondit Céline. Et puis Anton a trouvé une vieille cassette de film à la déchetterie. Il voudrait la visionner avec moi. Ça s'appelle « Soleil vert ». Tu connais ?

— Oui, je crois que je l'ai vu à la cinémathèque quand j'étais étudiante.

Carole rassembla ses souvenirs à propos de ce film emblématique pour des générations d'écolos : une illustration parfaite des stigmates de la fin du monde provoquée par le réchauffement climatique sur une population exsangue de quarante millions d'habitants subsistant dans un Manhattan insalubre. Mais cinquante ans plus tard, la vision prémonitoire de ces militants ne s'est pas vérifiée : le prix inabordable des logements et la prohibition progressive des voitures individuelles en étaient les raisons majeures. Partout, les mégapoles occidentales se sont muées en citadelles luxueuses inaccessibles. Elles n'ont pas subi l'engorgement imaginé par Edward G. Robinson au siècle dernier, loin de là !

L'apitoiement des Américains sur une époque révolue de la consommation débridée, lui revenait en mémoire : la fin du consumérisme, la pénurie d'énergie, d'eau, de viande, de nourriture végétale, sauf pour les privilégiés du quartier de Chesley. Ils louaient de somptueux appartements dotés chacun d'une femme de plaisir dénommée « mobilier ». Cette marchandisation des femmes, la façon de neutraliser des émeutiers en les pelletant comme des gravats et enfin la démesure : telle la production à l'insu des habitants d'une nourriture artificielle à partir de cadavres de vieillards. Une exagération qui dénotait d'un déclin extrême de la société humaine, au-delà de celle du climat.

— Je me souviens, reprit Carole. Les habitants affamés de New York en étaient réduits à consommer, sous forme de biscuits verts, de la chair humaine !

Ils étaient prêts à tout pour obtenir des soleils verts.

— Ça s'est produit ? demanda Céline, inquiète.

— Non. Tu sais, c'est juste un film. Les grandes villes ont une image invivable et dangereuse, c'est connu, mais pas au point de devenir anthropophage ! Tout ça, ce sont des histoires !

Céline resta songeuse, partagée entre la curiosité et son affection pour sa mère.

— D'accord maman. Je reste là mais à condition que tu m'expliques encore ce qui nous a conduits à vivre ici.

— Bien sûr ! Assieds-toi à côté de moi.

« D'abord j'ai été licenciée pour avoir manifesté. On m'a filmée alors que je me tenais sous une banderole Trotskiste. C'était un parti politique de gauche, très mal vu à l'époque. Alors dans la banque où je travaillais, tu peux imaginer !

Nous avons quitté ensemble, avec toi et ton père, la rue Oberkampf pour habiter ici à Saint Pierre. C'était en 2055, je crois. Le changement climatique s'accélérait. Il n'y avait plus de glaciers, la Camargue était recouverte. Il y avait beaucoup de manifestations en ville. Les politiques n'étaient plus écoutés faute de réponses crédibles. Malgré la technologie et l'emploi frugal des ressources, rien ne pouvait limiter le réchauffement. Nous n'avions plus qu'à nous adapter. Les températures caniculaires en Afrique du nord, au Moyen Orient et en Inde, régions déjà presque inhospitalières, s'étaient accrues. Une décision internationale avait été prise par l'Europe Occidentale, la Scandinavie et la Russie, lors de la COP 52. Elle avait conduit à accueillir cent millions d'immigrés climatiques dans des zones tempérées, exploitables et totalement dépeuplées. Une bonne décision politique, pour une fois ! La France était coupée en deux. Il y avait la bande territoriale dite « active », en gros Paris et la vallée du Rhône où tout continuait comme avant : le capitalisme mondialisé. Ailleurs, un territoire exempt d'impôt appelé la Zomia, où étaient hébergés les cinq millions de réfugiés pour lesquels la France contribuait, ainsi que les objecteurs du capitalisme et de l'État dont nous faisions partie. On nous avait légalement reconnus. On ne voulait avoir affaire qu'à nous-mêmes. On prônait l'anarchie, l'élimination de toute hiérarchie. C'était comme une règle de vie. Pas de Dieu et pas d'État ! On pratiquait la solidarité entre générations et entre voisins pour assurer notre subsistance. C'était pour ça que nous avions abouti à Saint-Pierre-la-Fage, territoire tempéré, fertile, mais totalement inhabité et sans infrastructures. Nous avions découvert nos voisins, Maliens, Nigériens, Éthiopiens. Ils s'installaient partout autour de nous, en Lozère, dans le Tarn et les Cévennes. Nous étions libres et indépendants. »

— Mais pourquoi ici dans le village de Saint Pierre ? demanda Céline.

— D'abord j'ai pensé que Marc, ton père, ne quitterait jamais Paris, dit Carole en souriant. C'était faux. La proximité de Montpellier l'arrangeait.

Carole, elle avait réfléchi à une autre vie en accord avec ses convictions. Son job dans la banque, faire des profits, c'était un non-sens !

Elle s'était posé beaucoup de questions : Où habiter ? Dans quel type d'habitat ? Comment vivre en symbiose avec la nature, cultiver des légumes ? Les sites internet de l'administration publique étaient nombreux. Ils fournissaient toutes ces informations pratiques, comme si l'État voulait se débarrasser des citoyens attirés par la vie marginale. Des dispositions arrangeantes étaient mises en avant : *Vous partez, mais à tout moment vous pouvez arrêter l'expérience et réintégrer votre place dans la zone active. Il vous suffit de remplir le formulaire Cerfa 2042 et l'adresser à l'administration fiscale de votre domicile d'origine.* Partir dans la Zomia c'était comme participer à un « escape game » : un simple jeu de survie à résoudre à peu de frais et la possibilité de revenir dans le monde « normal », quand bon leur semblerait.

L'adjointe de la mairie chargée de l'habitat au conseil municipal de Lodève, avec son accent chantant du Sud l'avait assuré : la transhumance dans la région des Causses remplacerait avantageusement la vie délétère de Paris. C'était le Maire de cette minuscule commune, Soubès, qui attribuait gratuitement les parcelles le long de la Lergue et de la Brèze, les deux rus de ces vallées encaissées, creusées comme dans un millefeuille de calcaire. Les hameaux avaient des noms évocateurs comme *le bout du monde*, ou *les potagers de l'Hérault*. Céline était en joie à l'idée d'habiter dans une *tiny house* toute neuve, de faire pousser des plantes, chose impossible à Paris. Elle avait feuilleté le catalogue avec sa mère. C'était comme des maisons de poupée ! Ainsi Carole avait-elle commencé par visiter un de ces petits villages au nord de Lodève, qui borde la zone active proche de Montpellier.

Monsieur Poujerols, le maire de Soubès de l'époque, dont la voix rocailleuse avait le même accent que celle du vendeur d'huile d'olive de son marché parisien, lui avait recommandé de visiter le hameau de Saint-Pierre-de-la-Fage. Il faisait l'article sur sa région, pas fâché qu'une jeune parisienne s'y installe. Ça changeait de la demande d'un Touareg ou d'un Malien. Elle se souvenait encore de son accent. *Vous verrez, c'est bieng !*

Elle avait été séduite par la solitude du site dont elle pouvait jouir en totale liberté. « Je me suis demandé si finalement c'était bon d'être si isolée ? Je pensais à toi, Céline. Que pourrait-il se passer, si je te laissais seule ? »

Là, il fallait bien le dire, il n'y avait pas de voisins. La lande à perte de vue !

— De retour à Soubès, j'étais rassérénée à la vue du petit marché sur la place de la Mairie. Je nous imaginais déjà vendre les artichauts poivrade, de notre propre production.

Céline éclata de rire.

— Cela vient de cette époque ta passion pour les artichauts ?

— Tu me croiras si tu veux, mais toute parisienne que j'étais, je lui avais proposé un pastis en terrasse ! Il avait accepté en me disant que ce n'était pas souvent qu'une Parisienne lui proposait un pastis.

Ah oui, encore un souvenir : te rappelles-tu le jour où on nous a livré le refuge de montagne en kit, dont tu ne supportais pas l'odeur ? interrogea Carole amusée.

— Tu appelais ça un chalet, cette espèce de gourbi en plastique jauni qui puait la chaussette mouillée ! rétorqua Céline. Tu te targuais que c'était l'œuvre d'un grand architecte : Jean Prouvé. N'importe quoi !

Un homme du village frappa à la porte et tapa des pieds pour chasser la neige avant d'entrer. « Un colis pour vous Céline. » Et il lui tendit le paquet. Il provenait de Soubès. L'expéditeur, c'était Anton qui lui envoyait des gâteaux. La marque du paquet : « Soleils Verts ».

Céline posa la boîte sur la table avec écœurement.

— C'est pas fin cette blague, tu ne trouves pas ? J'en suis réduite à ne connaître que ce genre de ploucs comme Anton. Pourquoi a-t-on déménagé ici où il n'y a personne de fréquentable ? Tu te rends compte, maman, dans quelle vie tu m'as plongée !

— Tous les jours, Je vois à quel point c'est un sacrifice pour toi, lui répondit Carole à voix basse, songeuse, la tête enfermée entre ses paumes.

- 3 –

Washington

Jeff reçut en réponse à sa demande de rendez-vous, un SMS de la part d'Archie. Le directeur de la Nasa dont il dépendait n'avait que trente minutes à lui consacrer. Il avait suggéré qu'ils se rencontrent entre deux réunions dans un fast-food sur Greenbelt road, à proximité.

— Un fast-food, il se fout de nous ! Je m'en veux d'avoir fourni trop de détails, se renfrogna Jeff.

— Tu vois, dit Cathy, tu t'es monté le bourrichon ! Il t'a déjà catalogué comme petit astronome provincial. Mais ne te morfonds pas. J'ai passé une matinée très sympa avec toi à Washington.

Elle lui enserra le cou et l'embrassa doucement à plusieurs reprises jusqu'à ce que son front se déride.

Jeff grommela. « Je n'en resterai pas là ! Fais-moi confiance. » Il chercha un lieu de rendez-vous approprié. « J'ai trouvé un truc pas trop ringard : le restaurant du Crowne Plaza sur Ivy Lane c'est tout près du Nasa GFSC Visitor Center. »

Ils réservèrent une table et pour gagner du temps, commandèrent un plateau de hamburgers et de french fries pour quatre.

Deux hommes pressés pénétrèrent dans le tambour d'entrée du restaurant. Le premier, très grand, en pardessus sombre, montrait des signes d'impatience, ses amples moulinets d'avant-bras le trahissaient. La cinquantaine, il devait être Gérald Jansky. Celui qui marchait derrière, sans doute Archie, semblait beaucoup plus calme et avenant. Dès qu'il les aperçut, il afficha un sourire franc, reflet de sa bonhomie. Il se chargea des présentations.

Poignées de mains convenues, chacun salua son vis-à-vis d'un hochement de tête, sourires de politesse crispés à la manière de collègues qui ne se connaissaient pas, astreints à travailler ensemble. Personne ne fit allusion aux traces de rouge à lèvres qui persistaient sur le front de Jeff. Tous s'assirent synchrones d'un seul élan autour des hamburgers frites que Cathy avait disposés.

—Vous savez, vous n'êtes pas le seul à nous annoncer la découverte d'un objet céleste, prévint Gérald Jansky.

Combien, dix à quinze par jour ? C'est bien ça ? demanda-t-il en se tournant vers Archie.

— Il s'agit tout de même d'une communication de deux membres du SETI, répondit Archie. Les amateurs qui nous abreuvent de mails sur leur découverte ne calculent pas des trajectoires.

— Ouaip c'est vrai, concéda Jansky, le nez enfoui dans son sandwich.

Vous venez pour la faire répertorier officiellement ? C'est bien ça ? Et comment voulez-vous baptiser cette comète remarquable ?

— Jeff Magnus & Curt Roy, répondit Jeff.

Cathy lui caressa le poignet, sensible à sa volonté de ne pas en revendiquer l'exclusive découverte.

« Tous ces noms pour une si minuscule comète à peine détectable ! », répondit Gérald Jansky, dont les secousses de son poignet gauche pour déplier une serviette récalcitrante trahissaient l'agacement.

Archie vint à la rescousse en proposant de transiger pour « Magnus & Roy ». Gérald se leva, impatient de prendre congé. Avant qu'il tourne les talons, Jeff vint à l'offensive tout en ingurgitant une frite trempée dans la mayonnaise :

« Une comète qui ralentit et stoppe sa trajectoire à huit unités astronomiques de la Terre, ça pourrait peut-être intéresser l'Esa, Roscosmos ou la CMSA* ? C'est vrai que la Nasa a d'autres priorités. »

Jansky finit par accepter le deal. Avant son départ et après un bref salut de l'index, il désigna Archie Dickens comme correspondant officiel du SETI sur cette affaire. Il s'éclipsa à tire d'aile, flottant dans son immense pardessus.

Ils poursuivirent tous les trois. Archie promit d'effectuer une recherche d'antériorité sur tous les satellites et sondes que l'espèce humaine avait déjà expédiés dans l'Espace. « Des milliers ! Il faut commencer par-là. Ça pourrait être une sonde défaillante, lancée il y a quelques décennies et oubliée par son propriétaire. » Jeff et Cathy en convenaient. Ils adhéraient à l'approche rationnelle de leur interlocuteur. Ils avaient maintenant confiance dans la prise en compte de leur comète. L'atmosphère se détendit. Jeff, risqua même une confidence :

« J'ai vu sur des annonces que beaucoup de membres de la Nasa étaient propriétaires de parcelles virtuelles sur la Lune et sur Mars ? ». Archie confirma que cette passion était très populaire. Cathy écarquilla les yeux.

Le CMSA ou China Manned Space Agency est chargé du programme spatial habité chinois et de la réalisation des stations spatiales. Le CMSA est rattaché à l'armée populaire de libération.

— J'ai un lopin numérique d'une centaine d'acres situé sur le bord du cratère de Rheita dans l'hémisphère sud, affirma Jeff.

—Tu ne m'avais pas dit que tu étais propriétaire sur la Lune. Tu l'as acheté pour t'y balader ?

Il ne put que s'engouffrer, un peu par vantardise d'ailleurs, dans la description de son hobby. Il se lâcha avec enthousiasme : « avec un casque en réalité virtuelle, une combinaison et des chaussures sensitives, on a pratiquement les mêmes sensations qu'un cosmonaute ! L'expérience la plus bluffante, c'est la restitution de l'apesanteur que l'on ressent lors de bonds interminables ainsi que le son de sa respiration restitué comme dans un scaphandre ! »

— C'est cool !

— Je cherche à l'échanger contre un bout de vallée fluviale sur Mars. C'est incomparable, mais hors de prix !

Chacun sourit à l'évocation de cette diversion amusante qui marquait la fin de la rencontre. Jeff se jura que la prochaine fois qu'il irait à Washington, il entrerait à la Nasa par la grande porte et ne déjeunerait pas dans un fast-food. De retour à Albuquerque, Curt exprima sa reconnaissance envers son collègue pour avoir associé son nom dans le patronyme de la comète Magnus-Roy. Ils reçurent quelques jours plus tard, un mail à en-tête du JPL *Jet Propulsion Laboratory – Caltech*. Il les informait que l'astre allait désormais porter le nom de UN431x, ce qui fut confirmé dans un article paru dans l'*Astrophysical Journal Letters* du 5 juin 2081. Le titre de l'article était encadré par les photos des deux radioastronomes.

- 4 -

Agence spatiale Européenne – Base d'entrainement de Cologne

Quatre, trois, deux, un… La figure d'Archie Dickens occupa tout l'écran de la visioconférence. Il procédait comme d'habitude, sans tenir compte du décalage horaire avec ses interlocuteurs européens. Son expression ne dérogeait pas à la bonhomie tranquille dont il avait toujours fait preuve. Il affichait un certain optimisme quant à l'aboutissement de ses recherches. Archie avait besoin de partager des enregistrements d'archive qui lui manquaient encore. Dans une des salles immenses situées au sous-sol, outre le successeur de Roy Parker ex-directeur de l'Esa, étaient présents deux vétérans de la base d'entraînement de Cologne encore en activité dans les années soixante. Leur témoignage allait se révéler précieux. Dès que le visage de l'Américain apparut, Andreas Wagner, salua son interlocuteur. Il épilogua longuement sur le peu de difficultés qu'il avait rencontrées à faire participer à une heure si tardive, les deux retraités présents dont il vanta le dévouement. « L'amour du métier et l'indéfectible passion pour la conquête de l'espace sans doute ! » affirma-t-il enjoué, la voix forte, en se tournant alternativement à gauche et à droite pour toiser ses deux invités, cherchant dans leur regard une expression d'acquiescement.

Les présentations faites, Archie Dickens alla droit au but :

—Une cosmonaute de l'Esa, de votre base, aurait effectué il y a vingt ans un vol interstellaire sans retour jusqu'à la planète K530, située dans le système de Proxima du Centaur. Vous confirmez ?

—Oui, c'est exact, fit Andreas, d'un ton professionnel.

—Elle a embarqué à bord de Pioneer, un vaisseau Russe. C'est étonnant que les Russes en soient venus à recruter quelqu'un de l'Esa, vous ne trouvez pas ? Ils n'avaient pas ce qu'il fallait à Baïkonour ?

Un des retraités prit la parole pour préciser le contexte :

« Les Russes ont envoyé le douze avril 2061, à l'occasion de l'anniversaire des cent ans du premier vol de Youri Gagarine, une cosmonaute à destination d'une planète habitée. Le mot important ici est *habitée*, car malgré l'hibernation, il était inenvisageable qu'un humain puisse revenir de sa mission et passer vingt ans de sa vie dans l'Espace, soit la durée d'un vol aller-retour. Igor Kolli, prix Nobel, célèbre biologiste Moscovite, avait affirmé qu'une planète tellurique, K530, hébergeait une civilisation équivalente à la nôtre et donc, un humain pouvait y vivre et s'y adapter. »

C'était cette justification d'un aller simple qu'Archie jusqu'ici ne comprenait pas. Elle contredisait l'hypothèse d'observation de Jeff Magnus sur laquelle il fondait toute son explication : le retour sur Terre du vaisseau Pioneer. Néanmoins, il poursuivit dans cette voie.

—J'ai retrouvé la trace de la mission Pioneer, partie de Baïkonour, dans les archives du JPL, *Jet Propulsion Laboratory*. Voilà, je ne suis qu'astronome, mais selon vous, serait-il vraiment impossible que ce vaisseau parti là-bas ne puisse revenir ? Le mal du pays doit être insurmontable ? Et puis, pourquoi quelqu'un de l'Esa ? Je ne comprends pas, fit Archie.

L'homme à la gauche d'Andreas Wagner intervint à son tour.

« Marilyn Tusseau, la cosmonaute qui a effectué la mission, n'avait pas été choisie par hasard. C'était une sacrée bonne femme ! Une très belle femme même. Elle parlait plusieurs langues dont le russe. Sa disposition particulière à la télépathie avait été décisive pour la recruter. Nous avions d'ailleurs validé tout cela à l'Esa, en effectuant un test de vérification depuis Cologne avec une autre femme qu'elle connaissait à Paris. À plusieurs années-lumière de distance, la possibilité d'un dialogue instantané par télépathie, était un soutien, une présence essentielle pour qu'elle tienne le coup ! »

Archie était pris de court ; il avait échafaudé avec une quasi-certitude que la comète *Magnus & Roy* n'était en réalité que le vol retour du vaisseau Pioneer. Le laps de temps entre le départ en 2 061 et l'observation d'Albuquerque concordait cependant.

— Il y a certainement un moyen de communiquer avec le vaisseau, s'il s'agit de Pioneer ? demanda Archie.

— Dites ça aux Russes, lui répondit Wagner en ironisant.

Cela faisait longtemps que les relations avec eux étaient devenues exécrables.

« Mais vous avez mieux à faire. Si j'étais vous, j'interrogerais la correspondante de Marilyn avec qui elle pratiquait la télépathie, une certaine Carole. Elle vit en France dans la Zomia. »

— Zomia ? Qu'est-ce que c'est ? Une zone ?

— C'est un peu ça. Un territoire situé originellement dans une région très dépeuplée, que la France a alloué temporairement aux marginaux. Cette Carole y résiderait encore. Voilà ses coordonnées :

Carole Le Goff, Saint Maurice de Navacelles, Gard.

C'est bien comme ça ? demanda Andreas Wagner. Avez-vous toutes les infos que vous demandiez ? On met fin à la réunion ?

— D'accord, fit Archie, pensif…

Il n'avait que cette piste en main car aucune sonde, aucun vaisseau spatial n'avait en toute logique, raison de se trouver à cet endroit, stoppé dans la ceinture de Kuiper. Il craignait que Gérald Jansky, son chef si ambitieux, le bloquât dans sa carrière tant qu'une réponse satisfaisante n'aurait pas été trouvée. Il avait l'impression qu'il le testait. Or là, il n'avait aucune autre hypothèse crédible, aucune échappatoire !

La discussion se poursuivit entre Andreas Wagner et les vétérans de la base. Les anciens se souvenaient que Marilyn n'avait plus d'attaches familiales en France : elle était fille unique et sa mère était décédée. À Cologne, elle avait eu une relation sans lendemain avec un basketteur professionnel. Cela confortait les dernières informations transmises à l'Esa par ladite Carole : elle avait choisi de rester habiter définitivement chez les kolliens*.

*Dans le roman EXPLORA, Igor Kolli, biologiste russe, a affirmé que la planète K530 dans le système de Proxima du Centaure était habitée par des êtres intelligents. Il les a dénommés kolliens et décrits physiquement à partir de la théorie des échelles d'Arcy Thompson.

C'est ce que le dernier rapport d'échanges par télépathie stipulait. Un choix qu'elle assumait en subissant parfois de terribles crises d'angoisse. La question qui se posait était aussi technique : Pioneer n'avait pas l'autonomie suffisante pour revenir à son point de départ. Il avait été conçu ainsi. Alors ce vaisseau détecté par Jeff Magnus…

Les échanges avec Marilyn avaient peut-être convaincu les kolliens d'explorer la Terre à leur tour ?

Wagner ne voulait pas contacter les Russes d'emblée, concepteurs du vaisseau, tant les relations avec eux s'étaient détériorées, y compris sur l'exploration spatiale, alors que ce domaine de coopération avait été jusqu'à présent sanctuarisé depuis plus d'un siècle. Ils conclurent sur une position d'attente de ce que la Nasa réussirait à glaner.

En se creusant la tête, Archie Dickens imagina pour lui la meilleure porte de sortie. « Pourquoi ne pas renvoyer l'ascenseur à Jeff Magnus ? C'était bien à lui d'interroger Carole, histoire de démêler l'écheveau de cette énigme. »

Quelques jours plus tard, Archie reçut un mail laconique de la part d'Andreas Wagner : « Contactez Carole en France au tel… email… à propos de la comète ! » auquel il ajouta, avant de le transmettre à Jeff : « Comme tu en avais émis l'hypothèse, c'est bien le vaisseau spatial Pioneer. Il est en attente, à destination de la Terre. » Il garda le meilleur pour la fin. Énorme ! « Il y aurait peut-être un extraterrestre à bord ! »

Wagner était sacrément gonflé de l'appâter de la sorte ! Comment pouvait-il sérieusement avancer un scoop pareil !

- 5 –

Cirque de Navacelles

Jeff accoudé au comptoir, se délectait selon son habitude de quelques donuts et d'un brin de causette avec Mary. Il vida son bol de café et décida de lui annoncer la nouvelle.

—Mary, je vais être en manque de tes merveilleuses tentations. Tu pourrais m'en faire une bonne quantité ? lui demanda-t-il.

—C'est quoi ton trip, Jeff ? Tu pars sur la route 66, explorer la chaîne San Andres ? Combien de jours ? J'ai besoin de savoir pour prévoir. Tes sacoches ne suffiront pas.

—C'est en rapport avec mon boulot. Je dois partir en France pour enquêter. Je pense une semaine.

Elle ne voulut pas pousser plus loin la curiosité et préféra réserver ses questions à son retour sur ce qu'il aurait vu en France, pays souvent évoqué mais si peu visité et inconnu ici.

— Tu vas y aller avec Cathy ? C'est sûr qu'elle aimerait !
encouragea Mary.

— Là où je dois me rendre il n'y a rien de cool. Un endroit
complètement paumé, encore plus qu'ici, dit-il, non sans
provoquer le froncement de sourcil de son vis-à-vis, elle
qui n'avait connu qu'Albuquerque. Je dois retrouver
quelqu'un sur place. J'en ai pour une semaine.

Elle s'arrangea les cheveux tout en s'interrogeant d'un
coup d'œil dans la glace sur la fraîcheur de son teint. Elle
n'avait jamais imaginé qu'un jour on lui dirait qu'elle avait
fait sa vie dans un endroit paumé.

— Je te prépare des donuts ? proposa-t-elle, avec un
sourire crispé en baissant la tête, affairée à nettoyer
quelques tasses.

Seule, elle se rendit à l'évidence de la triste réalité : elle
ne quitterait jamais son motel. Comme ses autres habitués,
avec ou sans tact, son amateur de donuts était sa famille.

Dès son arrivée à Roissy, Jeff prit un drone taxi pour
Paris. Il avait rendez-vous au Cristal, un ancien Mac Do,
avec un certain François, jeune porte valises de l'Esa. Le
troquet donnait sur l'avenue de Breteuil à côté du siège de
l'agence européenne. Ils avaient déjà échangé à propos de
leur mission. Jeff avait pris le pli semble-t-il, d'un fast-
food comme lieu de rendez-vous obligé, chaque fois qu'il
faisait connaissance avec des représentants d'autorités
spatiales.

Il poussa la porte vitrée du Cristal avec son sac de voyage. Il était reconnaissable entre tous et c'est avec un large sourire que François l'accueillit.

— Alors, comment était le vol ?

— Ok, fut la seule réponse de l'Américain sous décalage horaire. Persuadé, après un coup d'œil circulaire dans la salle, qu'il n'allait pas pouvoir commander le copieux T-bone steak dont il avait envie.

Une fois assis, enclavés autour d'une table pour deux, minuscule, sous la lumière intense de la véranda, François commença par lui décrire les contreforts du Larzac, région située dans la Zomia, où ils allaient rencontrer la « fameuse » Carole. Après douze heures de vol, l'attention de l'Américain n'y était pas encore. Sa torpeur finit par s'estomper malgré le récit monocorde de son vis-à-vis. Sa vue s'acclimatait petit-à-petit aux éclairs stroboscopiques créés par le va et vient des passants en contre-jour. Un expresso bien tassé qu'il commanda, l'aiderait à retrouver la plénitude de sa concentration. Il parvint enfin à suivre ce que ce bureaucrate lui serinait. Leur destination allait être selon lui comme un havre, loin du monde, habité par des objecteurs et beaucoup de migrants. Il ne voulait pas s'appesantir et fournir plus de détails sur la géographie particulière des Causses et du mode de vie de ses habitants. Ouf ! Jeune Parisien, il n'y était pas familier et pour un Américain du Nouveau Mexique…il valait mieux ne pas insister. C'était ce qu'il pensait, à tort. Jeff était bien renseigné. Il était curieux de comparer *the French Zomia* avec *no man land, Slab City*, où il retrouvait ses potes objecteurs des lois et vivant en marge, pour de longue chevauchée dans le désert, à califourchon sur leur bécane chrome et destroy.

François poursuivit sur leur destination :

« Carole et sa fille Céline vivent recluses dans un triangle de la solitude encadré par Lodève, Le Vigan et Saint Martin de Londres. Elles se tiennent à l'écart de toute présence humaine. Elles assument ce choix d'un isolement absolu pour se consacrer aux échanges télépathiques. Le cirque de Navacelles, de par sa conformation géologique se présenterait comme un gigantesque miroir naturel apte à concentrer le moindre signal émis depuis l'Espace par une intelligence consciente. Cette cavité tellurique, d'après ce que les habitants du coin racontent, amplifierait, tel un radiotélescope, les signaux issus d'une présence organique et ce depuis les confins du Système solaire, et même au-delà du nuage de Oort. »

Jeff hocha la tête, pensif, en laissant échapper : « On fait le même métier ».

François ajouta qu'ils avaient rendez-vous avec Anton. Il connaissait les « filles » depuis longtemps, étant un des rares voisins dont elles acceptaient la visite. « Pas question d'atterrir au fond du cirque et de débarquer chez elles avec un drone. On dit même dans la région que Carole serait une sorcière… »

— A witch ? laissa échapper Jeff.

— Presque. Il y a beaucoup de précautions à prendre pour pouvoir interroger Carole.

Jeff comprit alors pourquoi Gérald, Archie et Andreas, lui avaient passé la patate chaude. « Je m'en remets à toi François. Je crois que je n'ai pas le choix ».

Autant la vallée qui longeait la chaîne de San Andres était large et rectiligne, autant ce millefeuille tortueux des Causses, après Lodève devenait oppressant. À hauteur de Soubès, ils slalomèrent jusqu'à leur étape intermédiaire : Saint-Pierre-de-la-Fage dont la population comprenait une centaine de néoruraux et dix mille immigrés climatiques. La plupart venaient d'Afrique et se contentaient d'abris faits de tôle ondulée, de containers récupérés, mais surtout de lopins de terre soigneusement cultivés. Ils marchèrent longtemps sur les pistes boueuses avant d'identifier une des rares bâtisses de pierre où ils retrouvèrent Anton. C'était un jeune homme vigoureux, les traits marqués par la vie au grand air, les mains calleuses, celles d'un paysan! Il était tombé sous le charme de Jeff, son accent yankee et son allure d'aventurier, en dépit de sa cravate et de son pardessus qui ne trompaient pas son homme. François, quant à lui, était l'archétype du technocrate parisien. Inutile de préciser que le courant ne passait pas entre eux.

Anton détournait la tête à chaque fois que François ouvrait le bec. Jeff le sentit et en vint au fait :

— On cherche Carole.

— Restez pas là, entrez ! invita Anton d'une tape amicale dans le dos de Jeff.

L'intérieur était sombre et exhalait une odeur forte de bouffe et de paille mêlées : la cambrousse, quoi ! Elle ne repoussait pas l'Américain, sans-doute évoquait-elle des souvenirs de réserves d'Indiens du Nouveau Mexique ?

Anton revint avec une bouteille dans une main et les verres dans l'autre, qu'il tint telle une pince, avec trois doigts.

Il fit signe du menton en direction de la fenêtre. À l'extérieur, il y avait une bécane ; un vieux trail.

— Tu connais ? demanda Anton à Jeff.

— Ouaip, j'ai une Harley à Albuquerque.

— Wouah, cool !

Satisfait de la réponse, il lui versa une rasade de son pousse-au-crime et revint avec une vieille carte d'état-major dont il étala les lambeaux sur la table vermoulue.

— Pour aller chez Carole, il faut prendre la direction de Saint Maurice puis tourner à gauche sur une piste caillouteuse sur le plateau du Larzac jusqu'à Vissec.

Après, on suit à droite jusqu'au hameau Blandas, puis le Caussanel où je descendrai. J'ai une soirée chamanisme. Toi, tu continueras tout seul, sur la piste qui mène jusqu'au fond du cirque. Elle est sinueuse, mais facile. Tu verras en bas, la seule maison éclairée, c'est celle de Carole. Tu me récupéreras au retour. Tout se passera bien si le courant passe entre toi et sa fille.

— Je reste là ? demanda François.

— Ouais, ça serait mieux ! Elle n'aime pas voir du monde. Si vous venez tous les deux, elle se méfiera. Elle ne voudra pas parler.

— D'accord, fit François, dépité du rôle subalterne dans lequel le cantonnait Anton.

Il fallut en arriver au point crucial qui n'avait pas été abordé jusqu'alors. Anton vendit la mèche : « Carole est atteinte d'Alzheimer. C'est le début, elle pique des colères et pour l'aider à rassembler ses souvenirs, elle doit se faire aider par Céline, sa fille. »

À ce moment précis, Jeff se rappela sa dernière escapade sur la route du VLA, les couleurs de l'aube à travers le col de San Augustin. Qu'est-ce qu'il faisait là ? « Curt et Cathy ne seraient pas venus s'ils avaient su. Ça s'annonçait galère ! » Il avait bien fait de venir seul, songea-t-il.

Il en fut quitte pour quelques essais du trail avec Anton qui se terminèrent par une chute dans la cour boueuse. Les pneus étaient complètement rincés !

L'attente avant le départ, Jeff la mit-à-profit pour confronter ses impressions avec celles de Curt au téléphone. Il se rendait compte que la télépathie n'évoquait rien pour lui et qu'il ne croyait pas en l'hypothèse d'un vaisseau terrien oublié. Quant à tenter de communiquer avec son équipage, cela relevait de la pure chimère !

À l'inverse, François était persuadé que la comète Magnus & Roy n'était autre que le vaisseau Pioneer abandonné. C'était la thèse à laquelle il se ralliait.

La lumière déclinait sur le versant ouest des Causses. La teinte naturelle, couleur jaune de Naples, due à la roche crayeuse, se métamorphosait en nuances fauves. Quel spectacle enchanteur ! Jeff aurait préféré l'admirer sans être ballotté sur ces cailloutis interminables. La machine était puissante et Anton se sortait avec maîtrise des ornières et des éboulis traîtres en sortie de virages. Enfin ils atteignirent une longère au fond d'une clairière. Anton, ôta son casque et ses gants. Il serra vigoureusement le bras de Jeff pour lui souhaiter bonne chance. « Tout va bien se passer. Tu verras ».

La descente sur la piste très sinueuse se révélait facile même dans la pénombre du crépuscule. Après dix minutes de déhanchement dans une succession d'interminables épingles à cheveux, il aperçut enfin le minuscule hameau de Saint Maurice, blotti au fond du cirque. Il était constitué pour l'essentiel de ruines, de vieilles granges abandonnées comme ce restaurant, avec sa pergola écroulée sur une terrasse. La maison de Carole, la seule vraisemblablement habitée, était éclairée. Anton l'avait prédit. Il abandonna là son matériel, gravit le sentier en réfléchissant à la meilleure façon de s'annoncer.

Une jeune femme ouvrit. Les cheveux longs défaits, l'expression sévère, elle devait avoir la trentaine ou peut-être moins. Ils se tinrent un bref instant, immobiles face à face sur le seuil. Jeff la dévisagea sans un mot pour jauger son attitude. Hostile ou accueillante ? Elle n'était pas surprise de sa visite. Anton avait dû passer la nouvelle. Enfin il se décida :

Jeff Magnus. Je suis radioastronome au Nouveau Mexique. Je viens pour en savoir plus sur Marilyn.

— Qu'est-ce que c'est ? émit une voix aigrelette depuis le fond de la salle. Elle trahissait l'inquiétude. C'est Anton ?

— Non maman. Un visiteur étranger. Il a entendu parler d'une certaine Marilyn.

Silence…

Jeff expliqua brièvement à la jeune femme qui devait être Céline, la fille de Carole, la raison de sa visite, c'est-à-dire sa probable découverte d'un vaisseau interstellaire, de retour, lancé il y a plus de vingt ans par la Russie. À son bord, une astronaute nommée Marilyn. Céline en avait entendu parler et reconnaissait l'importance de ce prénom. Elle lui fit signe de s'approcher de sa mère. « Vous pouvez la questionner », dit-elle. « Ce soir elle est en de bonnes dispositions ».

Jeff s'approcha pour s'asseoir en face de Carole. Sa physionomie était sereine. Pour ne pas la heurter, il lui demanda simplement :

— Comment va Marilyn ?

Son visage demeura un temps inexpressif. Puis elle s'exprima :

—Ça va, ça va, d'un ton léger. Il y a longtemps que nous n'avons pas échangé. J'aime bien Marilyn.

— Elle n'aurait pas eu l'intention de revenir ? insista Jeff qui s'engouffra dans cette évocation.

N'est-ce pas très lourd pour elle de rester sur cette planète si lointaine, si loin des siens ? Le mal du pays. C'est inévitable.

— Je ne sais pas. Elle avait pris sa décision de rester, dit-elle avec une profonde mélancolie. Elle a connu quelqu'un.

— C'est impossible selon vous qu'elle ait changé d'avis ? insista Jeff.

Céline voulut intervenir.

— Cela fait plusieurs années que ma mère n'a plus repris contact. La maladie sans doute. Elle n'a plus la force. Ou peut-être que Marilyn n'est plus ? Il a un détail dont je me souviens, les communications de ma mère avec Shervan. Elle lui remettait des rapports.

— Ah, oui Shervan, se rappela Carole.

— Shervan ? Qui est-ce ? Et ces rapports ? demanda Jeff intrigué.

Shervan Emadian. Elle faisait partie de l'équipe de Roscosmos au moment du lancement de la mission Pioneer.

— Tu te souviens de Shervan ? demanda Céline à sa mère, en se postant devant elle et en la fixant dans les yeux.

— Oui nous communiquions. Mais la télépathie, ça n'a jamais marché avec elle. Je l'appellerai, promit Carole en se levant.

Elle s'installa au milieu de la pièce en position de lotus, les traits figés dans une intense concentration. Son visage s'illuminait d'un sourire apaisé. Elle voulait donner quelques espoirs à Jeff.

— Je vais tenter une nouvelle fois d'entrer en contact avec Marilyn. Marilyn, Marilyn ma sœur, disait-elle comme un appel. Je t'aime bien. Nous sommes si complices.

Elle cherchait dans sa méditation à fixer son regard sur une représentation évocatrice de moments complices avec elle, comme celle d'un tableau, d'un vêtement accroché au porte-manteau, d'un agencement d'objets sur une commode. Rien ne venait malgré ses appels réitérés. Après de longues minutes, elle abandonna, résignée par ce nouvel échec qui succédait à tant d'autres : « La télépathie avec elle, je n'y arrive plus. »

— Merci Carole, appuya Jeff avec empathie en l'aidant à se relever. Shervan, où est-elle ?

Céline alla dans la pièce attenante pour revenir avec un cahier à la couverture écornée. Bien à plat sur la table elle le feuilleta vigoureusement jusqu'à identifier son adresse:

Shervan Emadian, PhD,

Université d'État Lomonossov de Moscou, Faculté de biologie Département d'histologie Igor Kolli.

« Ma mère ne peut pas vous aider, et je regrette que vous vous soyez déplacé pour si peu. Contactez cette personne. Elle a été très impliquée dans la mission Pioneer. Elle a bien connu Marilyn. Ce sont de vieux souvenirs qui me reviennent. Ma mère m'en parlait quand j'étais petite ».

Jeff remercia les deux femmes et laissa son empreinte email, au cas où…

Il appréhendait la montée à moto par cette nuit noire. Pourtant, jusqu'au hameau Caussanel, il n'y avait pas plus de dix minutes à crapahuter. « Un mauvais moment à passer » se dit-il. À cette heure, il n'était pas question d'une chute, vu le poids de cette bécane impossible à relever seul !

Il se résolut à mettre le pied à terre à l'entrée de chaque épingle. Il stoppait, puis reculait l'engin pour le placer dans une trajectoire favorable. Finalement, il aperçut enfin le « temple » chamane, timidement éclairé. Une fois son casque retiré, il entendit le rythme rapide d'un tambour à la sonorité métallique. Le rituel ne devait pas être terminé. D'ailleurs personne n'attendait là, dehors.

Il entra, traversa une salle immense, vide, à la charpente apparente, jusqu'à l'entrée d'une caverne taillée dans la paroi opposée. Il se guidait au son des psalmodies : « Je suis la lumière de ma vie », scandée par le battement du tambour. Un petit groupe d'une douzaine d'adeptes, exclusivement des hommes, était assis en tailleur, formant un cercle autour du maître chamane. C'était Anton !

Les yeux clos, la tête penchée en arrière, ils étaient transportés dans leur transe, comme hypnotisés. Ils devaient être aidés pour atteindre l'état second par une substance psychotrope, enivrante, dont l'odeur ressemblait à celle de la sauge blanche. Le rituel touchait à sa fin, à mesure que les tintements insistant d'un triangle se faisaient de plus en plus rapides. Ils semblaient clore la communion collective. Anton se leva le premier. Il s'avança en souriant en direction de Jeff.

— Ça s'est bien passé avec Carole ? demanda-t-il, sans attendre la réponse.

Anton vanta l'intérêt de la grotte, enfouie dans la falaise de calcaire, un écrin idéal pour méditer et communiquer avec les esprits.

« Elle a dû abriter des hommes au Néolithique. On le ressent ! Maintenant beaucoup viennent se ressourcer ici. » Les adeptes du chamanisme cherchaient d'abord à améliorer leur développement personnel, à guérir de toute sorte de maux. Après deux à trois ans de pratique, la communication avec les esprits les attirait, surtout chez les Maliens comme Abdou », qu'Anton désigna en se tournant vers les adeptes du groupe qui discutaient entre eux. Abdou, un grand gaillard longiligne d'au moins 1,90 m leur rendit leur salut par un rire guttural et un large sourire.

Il rectifia : « pas Malien, Nigérien ! »

— Même si je n'ai pas la technique de la télépathie, répondit Anton, je suis persuadé que Marilyn est vivante. On a fait un peu de chamanisme avec Céline.

— Elle n'en a pas parlé.

— On est en froid depuis. Jeunes, on se fréquentait. Maintenant, on s'évite malgré notre envie commune de communiquer avec des techniques, disons, ésotériques.

C'est pour ça que je vous ai laissé y aller seul. On ne se voit plus.

Abdou s'approcha des deux compères en rappelant à Anton combien il était en quête de partenaires pour pratiquer la télépathie. Anton tourna la tête comme agacé. Jeff en profita pour sortir son fone et lui montrer le portrait de Marilyn, qu'il avait photographié une demi-heure plus tôt.

— Voilà une partenaire qui désespère de communiquer. Mais elle habite très loin, commenta Jeff

— Une métisse. Ouah, Elle est canon ! sûrement des origines Éthiopiennes, s'avança Abdou.

— Comment tu peux affirmer cela, Abdou ? contesta Anton.

— C'est comme vous les Européens ! Un ex néo de Paris m'a dit qu'il reconnaissait dans le métro les gens du sixième et du seizième arrondissement, rien qu'à leur tête ! Alors nous les Africains… Ce n'est pas un problème !

Jeff s'en amusa. C'est vrai qu'à Albuquerque on ne confondait pas les Mexicains avec les Vénézuéliens ou les Péruviens. Il demanda à Abdou s'il avait vraiment des dispositions de télépathie, s'il entrait en relation régulièrement avec des proches. Ne pourrait-il pas soutenir Carole, l'assister ?

Abdou lui fit comprendre que dans les Causses où ses parents s'étaient installés, on ne se déplaçait pas autrement qu'à pied et l'on ne survivait qu'au prix d'une subsistance très frugale. Pour prendre des nouvelles des siens, de ceux restés par miracle au pays, il n'y avait que la télépathie.

Anton se rhabilla. En mettant ses bottes et son blouson, il confia à Jeff que quinze ans plus tôt, Céline et lui étaient les seuls de leur âge à Saint-Pierre-de-la-Fage. Ils n'avaient aucune relation avec les autres habitants de Saint Pierre, pour la plupart émigrés comme Abdou. Car, quoi de commun avec les rares autochtones — il n'y en avait pratiquement plus — et les milliers de déracinés d'Afrique subsaharienne ?

Jeff, se sentit rassuré de monter derrière, pas fâché de se laisser transporter jusqu'au bercail où François l'attendait et rongeait son frein. Il avait hâte de rentrer. Il songea aussi à tous les adeptes du chamanisme qu'il venait de croiser et ce qui les attendait : marcher au moins deux heures dans la nuit pour rentrer.

François et Jeff repartirent de bonne heure pour Paris à bord de leur drone. François commença à questionner son passager. Il voulait s'assurer que cette visite n'avait pas été vaine.

— On ne sait pas si Marilyn est vivante et où elle se trouve. Voilà pour résumer ! affirma Jeff abruptement.

— Tout ça pour rien… On aurait pu se passer de la journée dans ce bled et arriver direct en drone, tu ne trouves pas ?

— Elle n'aurait rien dit. Il fallait que je connaisse le contexte, que je me mette en condition pour l'interroger. Qui sait, peut-être un jour retrouvera-t-elle un peu de mémoire ?

Nous avons une piste plus sérieuse à Moscou. Une biologiste qui a été impliquée dans la préparation de la mission et il tendit son fone à François pour lui montrer les coordonnées du contact.

— Tu crois que ça t'avance ? Est-ce qu'elle va accepter de nous parler ? Les relations sont tendues avec les Russes.

— C'est une universitaire. Elle n'est pas de Roscosmos. Elle a tout intérêt à coopérer.

Jeff rappela à François que ni les Russes ni les Chinois n'avaient de radiotélescope suffisamment puissant pour détecter et communiquer avec un vaisseau aussi éloigné que la comète Magnus & Roy.

- 6 -

Moscou

Elle avait pris un risque en acceptant de le recevoir ici dans son laboratoire. Cependant, les prénoms de Marilyn et de Carole prononcés comme un sésame l'avaient convaincue d'accueillir cet Américain.

Lui, n'avait pas semblé éprouver d'appréhension à se rendre dans ce pays immense, presque oublié, longtemps paria du monde. Il s'interrogeait néanmoins sur les connaissances astronautiques étonnantes de ce peuple, non sans une pointe d'admiration : les Russes n'avaient-ils pas expédié le premier homme dans l'Espace et plus récemment, atteint une planète habitée au-delà du Système solaire… avec une technologie que les Américains eux-mêmes ignoraient ? Aussi était-il curieux de découvrir Moscou, son université et ses savants. C'est avec condescendance en parcourant la ligne 1 que Jeff constata la grande diversité du genre humain issu de cet empire. Tous ces faciès de Moscovites si différents ! Affublés de bonnets, casquettes, cols de fourrure et maquillages criards ! À Washington, une autre capitale, ça ne lui avait pas sauté aux yeux. Arrivé à la station de métro Universitet, l'immense esplanade menant jusqu'à la colonnade mettait en scène la majesté de cet exemple d'architecture stalinienne. On devinait sur le fronton « 1930 », avec comme symbole l'étoile soviétique juchée au sommet de la tour. Quelle hauteur pouvait-elle avoir ? Il fallut à Jeff pas moins d'un quart d'heure de marche pour atteindre le hall ainsi qu'une heure pour accomplir toutes les formalités d'entrée, avant qu'un étudiant vienne l'accompagner dans ce dédale d'étages et de couloirs jusqu'au laboratoire où officiait Shervan Emadian. Elle l'attendait. C'était une femme petite, sans âge, aux yeux et sourcils d'un noir profond. Son visage trahissait énergie et volonté. Comme entrée en matière, elle lui fit visiter le musée du département de biologie en évitant par prudence, de dévoiler les expériences les plus récentes. À l'entrée, trônait l'incontournable cœlacanthe, suivi d'une haie de créatures décolorées, toutes les mêmes d'ailleurs, contenues dans des bocaux remplis de formol, alignés avec d'autres bestioles empaillées dans de longues vitrines anciennes en bois et en laiton bien astiquées. Un matériel si désuet ! Il pouvait avoir deux siècles ! Sans doute le témoignage d'un grand respect pour les savants fondateurs.

Elle présenta son unité de recherche d'un ton monocorde presque par cœur, tradition oblige ! Un préalable incontournable tant les Moscovites étaient fiers de leur université d'État. Ils rejoignirent ensuite son bureau dont la porte était ornée d'une belle plaque en cuivre mentionnant : *Docteur Emadian.* Il était de taille modeste, les murs remplis d'ouvrages avec, enfoncé dans un coin sur une table minuscule, un service à thé en porcelaine ainsi qu'un samovar en cuivre. De l'autre côté de la pièce une autre antiquité : une cheminée ! Sur une toute petite table à tréteaux, planchait une jeune étudiante vraisemblablement originaire de Mongolie. Invité à s'asseoir, Jeff trouva place en se faufilant dans le bric-à-brac de la pièce. Aussitôt, l'étudiante s'affaira-t-elle à préparer un breuvage sans un mot et sans lui demander son avis.

Le thé était accompagné de petits gâteaux épicés. Rien à voir avec les donuts de Mary dont la réserve venait à s'épuiser.

—Vous avez vu Carole ? s'enquit Shervan Emadian. Qu'est-ce qu'elle vous a dit sur Marilyn ?

—Rien, déplora Jeff. Elle n'arrive plus à entrer en contact par télépathie : Alzheimer. Elle m'a dit que vous en saviez beaucoup sur elle…

—Quand Dmitri Bogodine, l'ex milliardaire, a monté le projet de mission à destination d'une exoplanète habitée, je démarrais ma thèse dans ce laboratoire avec Igor Kolli. La capacité de Marilyn et de Carole à communiquer par télépathie représentait une chance à laquelle nous n'avions pas pensé au départ ! Un atout indispensable, car les moyens de communication habituels étaient inopérants à de telles distances.

—Je m'en doute. Selon vous, est-elle revenue ?

Elle hésitait.

—Les Kolliens ont récupéré le vaisseau et l'ont « bricolé » dans le but de faire revenir Marilyn sur Terre avec un des leurs. Une place supplémentaire avait été aménagée tout exprès. Il n'était pas conçu pour.

—Donc, la comète que nous avons détectée, ça pourrait être Pioneer… avec deux « êtres » à bord ?

Jeff poursuivit. Il était curieux d'en savoir plus. Comment avait-elle pu vivre sur cette planète ? Comment Marilyn communiquait-elle avec les Kolliens ? Shervan réfléchit un instant, elle se leva pour aller chercher un dossier. Il était plein de notes manuscrites. Il s'agissait des comptes rendus mensuels des « conversations » télépathiques que lui avait fournis Carole. Elle retrouva cette note où il était mentionné que Marilyn s'était fait greffer une puce dans la tempe connectée à son cerveau. Elle avait accepté cette prothèse car elle lui avait permis de parler leur langage sans effort d'apprentissage. Mais elle déplorait qu'ainsi, les Kolliens puissent lire dans ses pensées. L'inverse était vrai : cet artifice, c'était comme un prolongement de pouvoirs télépathiques entre elle et ses hôtes.

—Où se trouve-t-il maintenant, le vaisseau ? Vous avez sa position précise ? insista Shervan. L'Agence Roscosmos vous serait très reconnaissante si vous pouviez la leur fournir.

À part les échanges télépathiques, notre laboratoire n'a récupéré aucune donnée scientifique exploitable de cette mission. Ah, si nous pouvions ramener un Kollien, en faire l'analyse biologique et comprendre son mode de vie !

—Pioneer est maintenant immobile, au-delà de l'orbite de Pluton, affirma Jeff.

Comment allait-elle réagir ? Était-elle prête à coopérer ?

Elle comprit que l'Américain voulait négocier une information cruciale dont dépendrait le retour de cet astronef si intéressant ! Après un temps de réflexion elle se dévoila :

—Euh, le trajet retour du vaisseau a été inhibé. Il a été conçu comme ça, par sécurité, afin qu'aucun extraterrestre ne puisse l'utiliser pour venir sur Terre sans notre contrôle.

—Donc, c'est tout à fait explicable qu'il soit maintenant immobile, reprit Jeff.

—Il y a une clé, comme un signal, dit-elle, la voix mal assurée. Une fois capté, il devrait revenir automatiquement jusqu'en orbite terrestre.

Elle répéta : « Il nous faudrait sa position. »

—Et moi, il me faudrait la clé, demanda Jeff en fixant à nouveau son interlocutrice, droit dans les yeux.

Jeff argumenta avec l'atout qu'il avait en main. Ses connaissances techniques lui permettaient d'affirmer que les Russes ne disposaient pas d'un émetteur aussi puissant que le VLA. Sans connaître la position précise du vaisseau, toute tentative de leur part pour neutraliser l'inhibition était vouée à l'échec. Elle ne répondit pas. Il était en position de force. Elle se demandait à quoi lui servirait-il de détenir la clé ? Il lui semblait invraisemblable qu'une fois en orbite, les Américains investissent le vaisseau en récupérant les passagers au nez et à la barbe de la Russie. C'était par les sentiments qu'il conclut l'entrevue :

—Si Marilyn est à bord, ce serait vraiment trop cruel de l'abandonner, ne trouvez-vous pas ?

Jeff se leva en la remerciant de son accueil. Il lui demanda :

— Où on achète ces excellents gâteaux ?

L'étudiante ouvrit enfin la bouche :

— Chainya Visota, c'est au Park Gorky.

Sherman sourit à cette question insolite. « Je vous accompagne », dit-elle à Jeff. Ils traversèrent à nouveau la galerie des monstres. Jeff s'arrêta devant l'une des créatures. Des yeux vitreux semblaient le fixer.

— Ce sont des embryons d'humains ?

— Non, de dauphins, rectifia-t-elle. À ce niveau de croissance, c'est vrai qu'il y a une ressemblance.

Elle en profita pour l'informer de la théorie d'Igor Kolli : « Si les Terriens et les Kolliens vivent dans des conditions très semblables, il n'y a aucune raison qu'ils soient physiquement très différents. Il ne faut pas s'attendre à découvrir des extraterrestres tels qu'imaginés dans les films de science-fiction ». Igor Kolli avait recensé et quantifié les écarts physio-morphologiques entre les deux espèces, en se basant sur la différence de gravité entre la Terre et leur planète.

Avec une certaine fierté, elle lui montra le QR code de la publication scientifique à laquelle elle avait contribué, pour qu'il puisse en récupérer *l'abstract*.

« Je compte sur vous » conclut Jeff en agitant devant elle en guise de clé, la carte magnétique de sa chambre d'hôtel.

Avant de regagner l'Aéroport, il fit un crochet rue Shabolovka, pour se rendre à la tour 31G au 7ème étage. Il en ressortit dépité, non par la vue sur la Moscova mais par les mises en garde qu'il avait reçues à propos d'un projet personnel qui lui tenait à cœur.

- 7 –

Albuquerque

Il lui offrit comme souvenir deux modestes sachets de gâteaux, alors que Cathy, impatiente d'en savoir plus sur son escapade en Europe, venait à sa rencontre dotée de deux cafés pour entamer la converse.

« Tant pis pour Mary… J'en n'aurai pas pour elle » regretta-t-il.

— C'est une trouvaille ces trucs à la cannelle, apprécia-t-elle en croquant le premier échantillon, extirpé du paquet qu'elle tournait dans tous les sens pour en deviner la provenance.

—Ça vient de France ?

—Non, de Russie !

—Tu es allé en Russie ? Chance ! C'était comment ? demanda-t-elle impatiente, alors qu'elle croquait déjà son quatrième.

— Une super expérience ! Mais il y a tellement à dire. Ce soir ? Chez toi ?

Dévorée par la curiosité, elle acquiesça : « Affaire conclue ! Mais je te préviens, je suis veggy ». Jeff ne voulait pas déroger à ses habitudes alimentaires, surtout après ce voyage où il estimait avoir mal bouffé. Il vanta la Cafète de Mary et reprit le sachet de gâteaux pas encore entamé. « Tu vas voir, elle va t'épater, mais il faut la prendre par son péché mignon. »

Il appela sa logeuse préférée pour lui commander un dîner spécial pour deux. Enfin, il prit des nouvelles de Curt

— Comment il va ? Dans quelle disposition est-il vis-à-vis de moi, à ton avis, depuis que nous partageons la paternité de la comète ?

— Il ne t'en veut pas, le rassura Cathy. On ne le voit pas beaucoup depuis qu'il a fait installer chez lui une liaison informatique avec l'observatoire.

—Il n'est pas venu aujourd'hui pour mon retour, s'interrogea Jeff. Il n'est pas curieux de savoir comment les choses avancent, tu avoueras !

Lors de leur retour à Albuquerque, ce soir-là, elle l'enserra plus fort sur la Harley, penchée vers lui, rêveuse, inspirée par les tonalités du crépuscule, mais pas uniquement…Il faisait doux. Elle avait envie de lui.

Au dîner, il ne voulait pas trop lui en dire… Si Curt venait à apprendre, par son truchement, une information aussi insignifiante fût-elle ? Maniaque et procédurier, il n'allait pas manquer de compliquer les choses avec la Nasa… Et puis, il n'avait pas encore la clé. Donc rien de concret.

Il se leva le premier. Elle l'accompagna à sa chambre du motel, impatiente. Ils savaient sans mot dire qu'ils allaient partager le fruit de cet engouement réciproque qui naissait en eux. L'absence de Jeff qui avait duré plus d'une semaine catalysait leur désir. Plus jeune que lui, Cathy lui confia qu'elle se laisserait faire. Il se devait de la rassurer, de la prendre dans ses bras. Séduite, elle l'était par son côté sauvage, intrépide, rebelle. Il n'hésita pas et sous la pulsion du désir, la serra très vite, très fort contre son torse. Unir sa main dans la sienne. Sentir sa peau contre sa joue, son menton, ses cheveux, sa poitrine, toute sa douceur, il la découvrait vraiment, explorant de nouvelles sensations grâce à elle. Tout ce qu'il avait fantasmé à son propos au moment de son périple dans ces lieux bizarres. Cathy, était là enfin dans ses bras, contre lui. Les âmes et les cœurs dictaient à leurs corps dénudés les gestes à suivre. Ils se laissèrent guider par instinct, à l'écoute de leur sens, percevant odeur, respiration, pulsations du corps qui augmentaient jusqu'à atteindre la jouissance. Puis allongés sur le dos, dans un long silence, ils savourèrent le plaisir de cet instant apaisé, communiant la main dans la main, appuyées sur son sein, seuls au monde.

Cette nuit de bonheur dont ils avaient rêvé fut interrompue tôt le lendemain par un appel d'Archie. Il avait eu vent par François, du contenu de la mission de Jeff. Il savait qu'il était rentré et les personnes qu'il avait rencontrées.

—Alors, c'est bien le vaisseau Pioneer ?

—Ouaip, fit Jeff l'esprit encore embrumé. Il y a de fortes chances. Le problème, c'est qu'on ne sait pas qui est à bord.

Il se força à ne pas dévoiler la probable présence d'un extraterrestre, un Kollien, et ne fit pas de commentaires à propos de Marilyn.

—On s'en fout, rétorqua Archie. C'est aux Russes de gérer ce problème. C'est leur vaisseau. Nous, nous avons fait notre travail.

Il avait vu juste, à Washington, lors de l'entrevue avec ces deux lascars de la Nasa. L'allusion au SETI reflétait ni plus ni moins la rivalité qu'ils entretenaient avec cet institut, avec lequel ils devaient partager les subsides de la recherche spatiale. Que l'on découvre ou non une civilisation extraterrestre intelligente ? Là n'était pas le sujet. La Nasa, c'était la démarche noble de l'exploration de l'exosphère terrestre : des sondes interplanétaires que l'on envoyait à un rythme démentiel, pour démontrer la suprématie technologique de l'Occident sur les Russes et les Chinois. Découvrir la vie ? Peut-être, à condition qu'elle se limitât aux prémices de ce qui ressemblerait à des briques d'ADN, cela les confortait de la suprématie de notre planète et de notre espèce. Le protozoaire incarnait la limite du vivant avec laquelle on s'accordait. Mais que l'on glane par hasard des protéines, des virus, ou pire, des organismes pluricellulaires, cela poserait un problème moral et engendrerait sûrement un risque de pandémie pour l'humanité tout entière !

Tandis que Jeff revenait à la réalité, Cathy s'apprêtait dans la salle de bains. « En route pour le QG du petit-déjeuner », dit-il en prenant la main de sa belle. Il lui tardait de lui présenter Mary.

—Dois-je prévoir pour deux maintenant ? demanda-t-elle en dévisageant la nouvelle venue qui prenait place au comptoir.

Il ne répondit pas, jugeant la question déplacée et la réponse évidente. Pour revenir sur un terrain neutre et commun, elle trouva une diversion, évoquant de nouveau le petit goût de cannelle des gâteaux qu'il lui avait offerts la veille. Elle cherchait dans sa tête, où elle pourrait bien en trouver la recette. « Je te l'ai dit, C'est acheté à Moscou » précisa Jeff avec malice, c'est-à-dire comme un défi : « cours toujours pour l'avoir ! Ça vient de l'autre monde. J'ai eu le privilège de m'y rendre. »

Elle battit en retraite sur le terrain de ce qui flattait ses papilles, pour souhaiter la bienvenue à Cathy en arborant son plus sympathique sourire.

Après le débriefing au VLA de la mission de Jeff en réunion plénière, le quotidien des radioastronomes retrouva à nouveau sa routine, telle qu'elle se dupliquait, rassurante, d'année en année. C'était bien là le problème ! Découverte de Curt à part, le VLA n'avait capté aucun message de l'au-delà digne d'intérêt depuis sa création. La plupart de ses membres se complaisaient dans leur statut, leur titre universitaire, sans vraiment avoir conscience que les autorités, à défaut d'une mission scientifique d'importance, les employaient à des tâches subalternes comme celle de scrutateur, de vigile de l'espace. Il fallait bien prévenir les Terriens au cas où ils seraient menacés par une probable collision avec un astre hostile venu de nulle part. Cela ne requérait pas de connaissances scientifiques aiguës. Aussi, Jeff sentait bien que la situation demeurait fragile. L'attitude d'Archie, pressé par son chef Gérald Jansky de clore le dossier de la comète Magnus & Roy, le confortait dans ses craintes. Soit il fallait quitter les lieux, soit il lui incombait de monter l'affaire de la comète en épingle. Il avait vu juste, car après une semaine, Andrew, son chef, convoquait toute l'équipe. Il avait invité pour la circonstance, une certaine Tiffany du METI (*Messaging Extraterrestrial Intelligence*), spécialiste de la communication spatiale.

Même Curt s'était déplacé, c'est dire !

Andrew prit un air solennel, celui qu'il affectionnait pour annoncer une mauvaise nouvelle. Le VLA était en sursis. Le *Board* du SETI avait décidé que son activité serait prolongée de six mois avant son démantèlement, le temps de recaser les équipes de chercheurs et de scrutateurs. L'argument des gros bonnets, qu'Andrew lisait d'un ton mal assuré, porta l'estocade.

Aucun radiotélescope dans le monde n'avait capté jusqu'à présent, le moindre signal d'une intelligence autre que la nôtre. Il fallait se rendre à l'évidence : le SETI n'avait pas servi à grand-chose et acceptait sa propre dissolution.

Tiffany en rajouta pour justifier sa présence. Elle se contenta de reprendre les arguments implacables du METI :

« Vous savez, dit-elle, on estime qu'après réception d'un premier signal radio intéressant, il faudrait au moins une cinquantaine d'années pour envoyer une réponse en dehors de notre Système solaire et pour savoir s'il a été bien reçu. Plus l'interlocuteur est éloigné de la Terre et plus le dialogue est lent et la communication difficile. »

Peine perdue…

Curt à son tour prit la parole, justifiant qu'il avait capté un signal déterminant et que son collègue Jeff s'assurait qu'il provenait, non pas d'un astre *naturel,* mais bien du ralentissement d'un vaisseau spatial et qu'il s'agissait de déterminer s'il était d'origine terrestre ou non. Là, était bien selon lui, le cœur de la mission du SETI.

« Curt, la décision est prise de toute façon », lança Andrew sans même jauger si sa réponse lapidaire allait ou non choquer, aidé par la présence à ces côtés de sa responsable de tutelle.

Brouhaha dans la salle.

Curt était livide. Il venait de comprendre à cet instant que le travail méticuleux qu'il avait effectué jours après jour depuis plus de deux décades, ses notes soigneusement consignées, n'avait retenu l'attention de personne.

Il exigea de pouvoir terminer le job. Jeff et Cathy pour l'épauler, montèrent sur l'estrade à la rencontre d'Andrew et de sa groupie Tiffany, pour appuyer ses arguments.

—On a trouvé quelque chose d'important. Ça n'a pas de sens de tout arrêter maintenant ! relança Jeff.

—Jeff, ça ne va pas vous prendre des semaines, fit remarquer Andrew. Et puis ça n'a pas l'air d'intéresser la Nasa.

Il somma Curt de confirmer rapidement qu'il n'y avait rien d'extraterrestre dans sa découverte. « Après, on arrête ! Je vous donne dix jours pour tirer l'affaire de la comète UN431x, au clair, avec des faits ! »

L'ordre était net, non négociable, il y avait presque de l'ironie dans sa voix lorsqu'il prononça : *UN431x.*

Curt quitta lentement la pièce, abattu. Tout le travail de relevé méticuleux que les scrutateurs menaient depuis des décennies ne servait-il donc à rien ? À quinze ans de raccrocher, il ne voyait pas bien comment il allait finir sa carrière et quelles seraient ses nouvelles missions.

Sans intention préconçue, il prit l'ascenseur pour le dernier étage. Jeff et Cathy lui emboîtèrent le pas. Le trio investit une petite salle. Alors qu'ils étaient mobilisés depuis des semaines sur leur trouvaille, ils exprimaient un impérieux besoin d'échanger, de partager leur désarroi. Curt, s'assit lourdement, le regard vague, tout d'abord silencieux, sonné par la position d'Andrew. Il avait eu jusqu'à présent une totale confiance envers leur chef qui les encourageait et valorisait leur travail. Cathy apporta une cafetière pleine et des gobelets de son tiroir. « Merde » cria Curt en reversant son café. Il se lamenta encore de son sort.

Jeff vida son sac le premier. « Il y a toujours eu des histoires avec le METI ! » Au sein de son équipe dirigeante, on savait qu'il y avait des détracteurs. Ils affirmaient que les risques encourus à échanger des messages avec l'Espace, l'emportaient sur les avantages potentiels. Nous, on s'imaginait que nos messages, tels des bouteilles à la mer seraient perçus à des fins pacifiques. Le METI au contraire, craignait que nos gesticulations hertziennes puissent attirer des civilisations hostiles qui ne manqueraient pas d'exploiter les humains et la Terre à leur profit. Il fallait selon eux se borner à écouter. Tel était le statu quo.

Les politiques aussi prônaient la discrétion aux radioastronomes. Toute *techno signature* humaine émise dans l'Espace devait être soumise à l'accord préalable des principales agences spatiales et obtenir un vote favorable de l'ONU.

Cathy devina ses pensées. « Je crois que l'émission d'une clé pour récupérer un vaisseau envoyé par des humains n'a rien à voir avec une *techno signature*, comme tu l'appelles. »

Curt n'en était pas là. Il se lamentait devant ce délai aussi court. Comment pouvait-on prouver quoi que ce soit à propos de la comète ?

—Qu'est-ce qu'on peut faire en une semaine ? C'est foutu d'avance.

—On a une petite chance, Curt. J'attends cette clé de la part des Russes. Ils n'ont pas le choix répondit Jeff.

Et il lui expliqua toute l'affaire : le vaisseau Pioneer lancé il y a vingt ans depuis Baïkonour, son retour interrompu avec probablement un humanoïde et peut-être une cosmonaute à son bord, le protocole d'inhibition de sa trajectoire qui pouvait être neutralisé avec cette fameuse clé. Jeff en profita pour questionner Curt sur les émetteurs des antennes. Étaient-ils branchés ? Toujours en état de marche ?

Tout d'un coup, Curt sembla s'intéresser à ce que son collègue avait derrière la tête, lui qu'il avait toujours pris pour un dilettante. Oui, il avait compris son rôle maintenant : le VLA allait permettre de ramener sur Terre un vaisseau d'une mission interstellaire avec des « personnes » à son bord. Mais il demeurait sceptique sur la raison qui conduirait les Russes à leur livrer la clé.

Curt partageait la même passion pour l'exploration virtuelle de planètes que Luiz, employé de la maintenance. Ce dernier, avait installé la liaison informatique avec l'observatoire chez lui. Il proposait d'ailleurs au petit groupe, d'effectuer lui-même sans attendre, l'inspection des 27 antennes. Cela déborderait de la semaine qui leur était allouée. Il faudrait négocier du temps supplémentaire.

Luiz, immigré d'origine Mexicaine, malgré sa jovialité exemplaire, ne rassurait pas par sa corpulence. Tous se rendirent compte que ce n'était pas lui qui allait gaillardement faire l'ascension des 50 mètres d'échelles à crinoline pour accéder aux émetteurs d'antennes. Curt n'était pas sportif, on l'avait compris et Jeff avoua une légère propension au vertige.

« D'accord, les mecs je sais ce qui m'attend ! Heureusement qu'une faible femme est là pour vous aider ! » intervint Cathy en soutien inattendu.

Ils prirent la Jeep du pool et commencèrent l'inspection, non sans oublier les lampes frontales, vivres et matériels de maintenance portatifs. Vu son poids, la mallette d'intervention n'était portative que de nom ! La première moitié de la nuit, ils ne purent inspecter que quatre antennes. Il fallait se roder. Mais la fatigue fut la plus forte en dépit de leur enthousiasme. Ils trouvèrent une chambre à proximité. Ils se relayèrent pour reprendre des forces, moyennant une sieste que les autres membres du groupe couvraient.

Le vendredi, Jeff reçut un appel singulier de la part d'Anton. Il s'agissait d'une conversation entre Carole et Shervan. Carole avait recouvré une partie de ses facultés, mais pas suffisamment pour entrer en contact par télépathie avec Marilyn. La distance excessive ? Sans doute. Le message énigmatique se résumait à : « c'est aussi simple que d'appeler son chien. Oui c'est exactement ça, appeler son chien. » Il n'y avait rien d'autre.

Jeff réfléchit. Il n'avait pas jusqu'alors été contacté par la professeure Emadian et ne le serait sans doute jamais. Était-elle surveillée ? Il était si facile pour les autorités

Russes d'intercepter tous les messages suspects émis par les scientifiques à destination des États Unis, puis de les emprisonner en les accusant d'espionnage. Le message devait être interprété pour en déduire la clé.

Le vaisseau qu'il s'agissait d'appeler se nommait Pioneer. Peut-être suffisait-il d'émettre un message vocal en direction de UN431x en focalisant les ondes avec la précision que seules les antennes du VLA pouvaient atteindre ?

Il annonça la nouvelle à Cathy et à Curt. « Chouette ! s'enthousiasma Cathy. Plus c'est simple et plus c'est vraisemblable ! Je crois à cette piste. » Curt joua le trouble-fête. Il fit remarquer qu'un message parlé, même s'il s'agissait d'un simple nom, pouvait être énoncé avec une infinité d'intonations et de timbres de voix. Il était évident qu'il fallait prononcer Pioneer en Russe, origine du vaisseau et Curt en vint naturellement à penser au codage en Morse. Il composa sa clé avec une alternance du nom « Пионер » et de son encodage : .--. .. --- -. . .-. matérialisé par une succession de signaux carrés courts et longs.

Selon Luiz, il était indispensable de tester les émetteurs. De mémoire de chef de la maintenance depuis presque vingt ans, ils n'avaient jamais été utilisés. Il récupéra le message codé sur son fone.

Qu'est-ce qu'Andrew allait-il bien faire ? Respecter strictement son calendrier de fermeture du VLA et faire cesser d'un jour à l'autre les écoutes radio ? Démanteler le centre de commande ? Arrêter le contrat d'alimentation électrique ? Luiz n'avait reçu aucune consigne.

Une fois l'émotion de l'annonce de la fermeture passée, Curt finit par douter de la pertinence d'émettre la clé. Andrew serait contre. Il était si facile pour lui de noyer le poisson en prétextant la nécessité d'un accord en haut lieu. Jeff proposa de ne pas en faire état, cela ne reviendrait-il pas à enfreindre les consignes du METI ? Une faute très grave. Soucieux de sa responsabilité, il réfléchissait à toutes les hypothèses à propos de la comète.

N'avait-elle pas stoppé sa progression, phénomène des plus curieux ? Il ne pouvait s'agir que d'un vaisseau et non d'un astre naturel. Celui-ci était-il terrestre comme le soutenait la Nasa, ou extraterrestre ? S'il était terrestre, qui y avait-il à son bord ? Le seul fait que personne n'avait évoqué jusqu'à présent, c'était l'absence du moindre signal pour se faire connaître. S'agissait-il d'un astronef extraterrestre hostile qui attendait son heure pour passer à l'attaque comme le craignait Tiffany, venue expressément annoncer la fermeture de l'observatoire ? Il se garderait bien de « dialoguer » avec nous.

Ce qui venait de traverser l'esprit de Curt était plausible. Aussi, l'émission d'un message, même limité à un bref signal en Morse sans aval d'une autorité de tutelle, pouvait être considérée comme une transgression. Il réfléchissait, alors que Cathy s'était rendu compte que les traits de son visage exprimaient l'inquiétude. Elle s'approcha de lui, s'assit à ses côtés et jeta un coup d'œil circulaire sur son bureau admirablement ordonné. À droite, le portrait de sa mère dans un cadre doré muni d'une Marie-Louise. Lui faisant face, son écran bien sûr, net sans la moindre trace de doigt ni de poussière. À sa gauche, taillé dans un bois exotique d'Amérique du Sud, une sorte de plumier contenant son fameux traceur à encre de Chine, des crayons de papier et une gomme représentant les présidents de Monument Valley. Un cadeau de son neveu ou de sa nièce, sans doute.

—Comment vas-tu Curt ? demanda Cathy. Tu ne sembles pas dans ton assiette. La fatigue ?

Silence…

Curt, l'air absent, se réfugia dans ses consultations erratiques sur le web. Puis, après un laps de temps :

—Je ne pense pas que ce soit une bonne idée d'émettre cette clé pour faire venir Dieu sait quoi…

Cathy avait vu juste à propos des doutes de Curt. Elle choisit de faire diversion pour ne pas le braquer. Elle ne voulait surtout pas qu'il déroule ses arguments.

—Après le VLA, tu sais ce que tu vas faire ?

Sur ce terrain, il devint plus disert et se laissa aller aux confidences.

—Je vais écrire mes mémoires de radioastronome. Et puis, il y a cette exploration de Mars que je voudrais approfondir. Ça me passionne ! Il faudrait que je trouve un nouveau job rapidement pour financer un drone d'exploration. C'est très onéreux.

—Un drone d'exploration de Mars ?

Cathy ne comprenait pas les propos incohérents de Curt. Lui, était en revanche très satisfait de la surprise qu'il avait provoquée chez elle. Il afficha la carte d'une région de la planète rouge sur son écran pour lui signifier qu'il était propriétaire d'une vallée fluviale virtuelle. Il s'agissait de Mawrth Vallis, située dans le quadrangle d'Oxia Palus. Persistant dans son rêve, il était en verve de raconter tout ce qu'il en connaissait : ses falaises abruptes, la couleur crème du limon fossilisé, les nuances rougeâtres des arêtes rocheuses. Il était persuadé qu'en creusant à peine à un mètre de profondeur dans le sol martien à cet endroit, il pourrait trouver de l'eau et pourquoi pas des micro-organismes.

—Mais creuser avec quoi ? fit Cathy, très étonnée de l'aplomb de Curt sur ce sujet.

—Avec un drone explorateur bien sûr ! On peut en louer chez EXPLOLAND. Cette compagnie en a expédié une cinquantaine il y a cinq ans, avec une sonde cargo. C'est quand même $ 5 000 la journée ! Il ne faut pas se tromper !

Cathy jugea que le moment était opportun pour revenir sur le but de son approche :

—Tant de générations de scrutateurs comme toi ont consacré leur vie à référencer les signaux du ciel. Nous avons enfin l'opportunité de concrétiser le fruit de milliers d'heures de travail. C'est à nous que revient cette ultime mission. Et tu voudrais abandonner ?

—Cathy, je n'ai plus envie d'en parler.

Elle se leva d'un coup le visage défait, battit en retraite, non sans faire un signe de ralliement aux autres comparses, les invitant à se retrouver à la machine à café.

Elle les informa qu'après l'émotion de la fermeture du VLA passée, Curt avait changé d'avis et ne prendrait plus aucun risque, il ne fallait plus compter sur lui. Luiz, annonça qu'il avait reçu l'ordre de démonter toutes les consoles du centre. D'ici deux à trois jours, seul le terminal installé chez Curt permettrait de manœuvrer les antennes et d'envoyer la fameuse clé en direction de UN431x. Cathy, le visage défait, serra très fort la main de Jeff avec compassion. « On aura essayé, dit-elle. C'est peut-être au-dessus de nos rêves ».

Nullement affecté par la situation et avec l'aplomb qu'on lui connaissait, Jeff suggéra d'organiser une soirée d'adieu, avec Curt bien sûr. Celle-ci constituerait un prétexte pour l'éloigner de chez lui. Jeff mettrait son absence à profit pour s'introduire dans sa chambre et piloter les antennes.

—Super cette idée ! répondit Luiz. On trouvera une bonne raison pour que tu puisses nous quitter sans qu'il ne se doute de rien.

—Compte sur moi, fit Jeff en lui lançant un clin d'œil.

Cathy proposa pour cette soirée : « The Dirty Bourbon Dance. C'est honky tonk. On y joue de la country et pour le bourbon justement, c'est no limit ». Ils se mirent d'accord pour ne pas le saouler d'emblée. Il n'était pas du genre à se laisser transporter par la musique de Holly Dunn. Il était pratiquement acquis qu'il se méfierait de leur traquenard, mais ils n'avaient pas le choix, il fallait tout tenter.

Cathy, confiante à nouveau, griffa le dos de Jeff comme pour lui signifier qu'elle le voulait maintenant pour elle toute seule. Elle avait envie de lui, son assurance sans doute et l'entraîna vers la sortie. En enfilant son casque et ses gants elle lui fit comprendre qu'il y avait un temps pour tout. Chevauchant la moto à son tour, elle l'enserra dans ses bras et lui fit part de son fantasme : faire l'amour dans le désert, au soleil couchant. Une pulsion qui allait si bien avec le côté transgressif de son compagnon ! La Harley s'éloigna du parking dans un nuage de poussière. Ils avaient hâte de s'abandonner l'un à l'autre dans le contexte de cette chevauchée sauvage. Ils ne prirent même pas la peine de chercher un endroit cosy. C'est au milieu de la plaine, presque sur le bord de cette route où passaient de rares camions, qu'ils s'arrêtèrent en contrebas dans la pierraille. Cathy se laissa effeuiller à peine cachée derrière un saguaro. Puis elle s'agrippa à lui, sauvagement. La lumière rougeoyante du couchant caressait leurs ébats. Ils s'embrassaient goulûment tout leur saoul et firent encore l'amour jusqu'au coucher du soleil.

« Tu m'imagines avec le chapeau de Holly Dunn ? » lui demanda-t-elle en fredonnant un de ces airs Western Femelle. Il l'enserra pour danser un slow langoureux sur un air imaginaire, le couple dans le plus simple appareil. Il s'acheva par le hululement de la sirène d'un vingt-deux roues, dont le chauffeur avait reluqué la scène. Ils se rhabillèrent contentés de leur pulsion naturiste et remontèrent sur Albuquerque jusqu'à Montgomery Road. Les néons flashy et la musique Country les convainquirent qu'ils allaient passer là, une super soirée.

Le grand soir venu, c'est sans enthousiasme que Curt se laissa entraîner. Comme un jeune écolier que sa mère amène pour la première fois à l'école, il grimaça à la vue du parking du Dirty Dance, avec ses néons flashy, qui se reflétaient sur les chromes de somptueuses montures, plus rutilantes les unes que les autres, alignées là comme dans un décor débridé. Le pauvre Curt, traînant des pieds, se persuada qu'il était bien tombé dans une embuscade. Dès qu'ils pénétrèrent dans l'antre, le larsen, le trémoussement obscène d'une blonde aguicheuse à l'allure si vulgaire, provoqua chez lui un mouvement de recul. Luiz, l'encouragea avec une tape amicale. « Allez, c'est notre soirée d'adieu ! On va s'amuser une dernière fois ». Ils choisirent une table pas trop près de la scène qui visiblement provoquait chez Curt une réaction répulsive, telle celle d'aimants de même polarité. Il semblait néanmoins rassuré de se retrouver à l'endroit le plus éloigné de l'orchestre. Cathy partit commander les boissons. Au comptoir, elle demanda trois pintes de Bud et pour Curt, un baby spécial avec quelques gouttes de bourbon qu'elle compléta à la dérobée d'un comprimé de Stilnox. Revenant à la table, sourire jusqu'aux oreilles, elle se félicita du choix de ce bar country où il était impossible de se laisser aller à la tristesse d'un adieu. Renfrogné, Curt saisit le baby que lui tendit Cathy. Il fallait bien trinquer avec les autres ! Non sans les avertir qu'il ne se laisserait pas aller à la saoulerie. Cathy lui enlaça le cou en l'embrassant sur la joue. « À notre découvreur de comète ! » et tous en chœur de lever leurs chopes…

À la fin du refrain de « Only when I love », un de ses meilleurs tubes, Holly Dunn se dirigea droit vers la table des astronomes venus faire la fête. Elle avait remarqué qu'ils ne faisaient pas partie des habitués. Dans un déhanchement provocateur, elle fit tournoyer son chapeau pour l'enfoncer jusqu'à la garde sur le crâne de Curt. Elle se tailla une place entre lui et Cathy et sous les braillements et applaudissements de la salle, entama l'air traînant de Someday. Elle espérait beaucoup, en prodiguant des encouragements répétés, le micro insistant, de son nouveau partenaire. Mais Curt ne connaissait pas cet air. Jeff lui sauva la mise en se plaçant en renfort à côté d'elle pour l'accompagner en cœur sous les hourras et les rires redoublés du public.

La rengaine n'était pas terminée que Jeff simula la réception d'un appel : « Mary a fait un malaise, il faut que je l'emmène chez le médecin. Je te laisse en bonne compagnie » dit-il à l'adresse du héros de la soirée. Et il partit en trombe.

Il était assez facile de rentrer chez Curt par effraction. Il laissait toujours une fenêtre entre-ouverte au rez-de-chaussée. Sans doute le signe d'un maniaque des mauvaises odeurs. Il connaissait l'identifiant, mais pour le mot de passe, il lui restait cette énigme à résoudre. Curt n'avait pas de chien ni de chat. Pas de petite amie non plus, cela va sans dire. Son hobby ? Oui, quelque chose en rapport avec sa passion. Et il tapa : *Mawrthvallis01*. Bingo ! L'écran affiche le portail du VLA avec son menu. Il sortit de sa poche les coordonnées de UN431x avec les huit décimales nécessaires pour obtenir la précision de pointage. Un warning clignotant apparut. Les antennes AE 10 et AE 24 étaient inopérantes. Sans elles, l'efficacité d'émission était réduite de 35 %. La plus proche d'entre elles devait être à moins de dix kilomètres. Vite, il reprit sa moto en fonçant en direction des antennes. Le ciel était clair et c'était pleine lune. Il évita d'allumer ses phares pour ne pas se faire détecter par un éventuel barrage de police. Il s'attendait à ce que l'antenne en défaut soit simplement arc-boutée par une pierre malencontreuse coincée sur le chemin de roulement. Il inspecta les quatre trains de roues, mais ce n'était pas la cause du problème. Il fallait vérifier le boîtier, là-haut, et se résoudre à escalader les cinquante mètres d'échelle. Malchance ! La crinoline de protection avait été retirée. Trop rouillée sans doute ? Il entama la première dizaine de mètres. Au sol, avec son ombre portée sur fond de la structure de l'antenne, il ressemblait à une araignée sur sa toile. « Me voilà Spider man » songea-t-il. Après avoir gravi les quarante premiers mètres, le vertige le saisit. Il enlaça l'échelle, paralysé par la peur, sans même être capable de poser le pied sur le barreau situé juste en dessous. Pourquoi pas renoncer ? « Après tout, même si la capacité du radiotélescope n'est que de 65 %, c'est peut-être suffisant ? » Il mit au moins dix minutes pour se reprendre. Il restait quelques mètres à gravir. Sans jamais détacher la passerelle de maintenance des yeux, il franchit ce qui subsistait, rampa sur la tôle larmée de la plateforme, saisit le garde-corps pour enfin retrouver la station debout. La porte du boîtier de connexion était entre-ouverte. Les languettes métalliques de l'une des fiches étaient oxydées. Il prit son couteau pour limer énergiquement les contacts vert-de-gris jusqu'à ce qu'ils luisent sous la lumière blafarde de la nuit. Puis il enficha et retira plusieurs fois le connecteur espérant que son raccordement redevienne opérant. « Ça y est, maintenant le plus dur ; la descente. Surtout, ne penser à rien ! » se disait-il. Il avait les paumes des mains en sang tant il s'agrippait avec force aux montants. Enfin le sol. Et il fonça à nouveau chez Curt. Il n'était pas encore rentré du Dirty Dance. Enfin, c'est ce qu'il croyait car il n'y avait aucune lumière et il n'entendit aucun bruit. Il se dirigea vers la console de commande. Elle était éteinte. Il tapa à nouveau identifiant et mot de passe. « Merde, ça ne veut pas s'ouvrir correctement. Pourtant le mot de passe c'est bien *Maw...* »

Soudain la lumière de la pièce s'alluma. Curt se tenait dans le chambranle de la porte.

—Tu sais Jeff, fallait pas être bien malin pour deviner votre plan. J'ai versé le contenu du verre derrière le fauteuil. J'ai feint d'être saoul, ils m'ont ramené et j'ai simplement changé le mot de passe. Dommage pour toi !

Jeff l'agrippa violemment par le col, se rendant compte après coup de l'inutilité de son geste. Il se résolut : Curt ne dirait rien, il en était sûr.

—T'es qu'un minable méprisable pétochard. Pendant toutes ces années au VLA, tu n'as servi à rien.

Le lendemain, Luiz, au courant de la mésaventure de Jeff avoua qu'Andrew lui avait demandé de couper la ligne de

Curt. Il n'y avait désormais plus aucun moyen de piloter les antennes du VLA. Luiz, presque en larmes regrettait profondément la situation, énumérant tous les efforts que Jeff avait réalisés pour aboutir à rien. Son contrat terminé, il allait repartir au Mexique près d'Hermosillo non loin de la mer. Il allait retrouver son frère pêcheur et sa vieille mère qu'il n'avait pas vue depuis dix ans. « Promis, dit-il. Je te donnerai des nouvelles. Là-bas, on vit de peu et simplement. Si ça te dit de venir me rejoindre avec Cathy ? »

Luiz était prêt à tout pour rendre service. Il serra la main de Jeff une dernière fois. Bizarrement, un détail clochait dans l'éclat de ses yeux noirs pétillants. Il y avait comme une gêne, quelque chose qu'il cachait et avait du mal à dissimuler.

De cette tentative avortée, que retenir ? Curt était bien l'auteur de la découverte. Il était bien le seul à avoir prêté attention à cette comète. Personne d'autre que lui ne l'aurait fait, il était si méticuleux ! En comparant les positions qu'il avait enregistrées, il avait eu l'intuition géniale de constater que cet objet ralentissait, phénomène impossible pour un astre *naturel*. Mais Curt n'était pas curieux. Son travail s'était borné à en noter consciencieusement la cinématique sans pousser plus loin ses investigations. La hiérarchie lui intimait l'ordre de tout abandonner. Il avait obéi en bon exécutant sans se poser aucune question sur la finalité de son métier.

Cathy, avait saisi dès leur visite à Washington, que cette découverte ne serait qu'une course d'obstacles. La Nasa, le SETI, le METI, réservoirs de chercheurs et de scientifiques de talent, certes. La façade au combien flatteuse de l'exploration du cosmos cachait en réalité un vivier de carriéristes avides de technologie. La vie ailleurs, ils en avaient peur et ne voulaient pour rien au monde y être confrontés. À l'idée de la découvrir, comme l'exprimaient déjà des personnalités de renom comme l'astrophysicien Stephen Hawking et le physicien de la théorie des cordes Michio Kaku : « Une fausse bonne idée voire une idée terrible ! » Cathy se doutait bien que rien n'avancerait comme Jeff le croyait naïvement. Elle faisait tout pour arrondir les angles et le soutenir.

Jeff, lui ne s'encombrait pas des formes. Il était concentré sur la finalité, prêt à toute transgression. Ce job de scrutateur de l'Espace, devait immanquablement aboutir à se confronter à d'autres existences. Ils étaient là pour ça ! Depuis plus d'un siècle, les antennes des radiotélescopes écoutaient l'Espace. Toutes ces équipes, le nez rivé sur leurs écrans le casque sur leurs oreilles, tentaient d'identifier parmi le brouhaha sonore émis par la civilisation humaine, un signal d'appel provenant de l'au-delà du Système solaire. Cette débauche de moyens et d'énergie déployés depuis si longtemps ne se justifiait que pour intercepter et dialoguer enfin avec une intelligence autre que la nôtre. Ils avaient été conçus pour ça. C'était inévitable que cela se produise au VLA, le radiotélescope le plus puissant. Il déplorait que les scientifiques les plus renommés de par le monde, surtout aux États Unis, en viennent à échafauder leurs certitudes derrière l'équation de Drake issue du paradoxe de Fermi. En l'état des connaissances, elle prédisait avec beaucoup d'approximations que toute rencontre avec une civilisation extraterrestre était tout simplement impossible. Et si jamais il y avait une infime probabilité, il ne faudrait selon le METI, en aucun cas lui signaler notre présence. Elle pourrait nous détruire !

Jeff était désarmé par l'abandon de UN431x : une vraie découverte délibérément écartée comme au temps de l'Inquisition. Serait-il un hérétique sans le savoir ?

Cathy avait quelques idées d'escapade à deux : El Paso, Tucson, Phoenix, promesses d'évasion et d'oubli réparateur. Jeff se laissa convaincre. Il empaqueta ses affaires au motel pour les confier à Mary. Tel un équipage d'Easy Rider, sur leur Harley, ils traversèrent le nouveau Mexique et l'Arizona sous un soleil de plomb, dans un bonheur indescriptible.

Jeff reçut plusieurs messages auxquels il n'accorda que peu d'attention. Archie lui demandait ce qu'advenait le dossier UN431x. Quelle suite à donner ? Fallait-il archiver ? Andrew, son chef, l'invitait à revenir à Albuquerque pour une entrevue à la Nasa. Une proposition de nouveau job ? C'était élégant de sa part. Jusqu'au message de Luiz qui lui parvint deux mois plus tard* et le fit tressaillir :

« Le chien attend maintenant devant la niche. »

Comment cela avait-il pu se produire ? Les Russes avaient-ils réussi à rapatrier leur vaisseau par leurs propres moyens ?

 Jeff avait deviné ce qui s'était produit à l'intonation même de la voix de Luiz au téléphone. Sa formulation était hachée, hésitante, fruit d'une gêne profonde.

— C'est toi qui as envoyé le message, hein ? demanda Jeff.

— Euh, oui. J'ai fait un essai de positionnement des antennes et d'émission de la clé, la veille de notre soirée d'adieu. Ça a marché ! dit Luiz.

— Pourquoi ne m'en as-tu pas parlé ?

— J'ai vendu la mèche à Curt. Il m'a dit que je risquais gros en enfreignant les consignes du METI. Comme Mexicain, la prison à coup sûr.

C'est pour ça que je n'ai pas traîné à Albuquerque.

*temps nécessaire pour que Pioneer franchisse la distance entre Pluton et la Terre à une fraction de la vitesse de la lumière.

— Ta proposition de nous accueillir à Hermosillo tient toujours ? demanda Jeff.

— Oui, oui. Vous pouvez venir tous les deux. Ça sera une joie ! Restez le temps que vous voulez.

— Tu ne reconnaîtras pas Cathy. Ella a la peau cuivrée comme une indienne.

Éclat de rire de concert…

- 8 -

Hermosillo – Mexique

Après quatre cents kilomètres parcourus depuis Tucson, les deux motards n'étaient pas fâchés d'atteindre enfin la banlieue ouest d'Hermosillo. Les grandes avenues riantes bordées de palmiers, les parterres fleuris, les façades d'églises baroques de style tequitqui*, ne faisaient pas mentir sa réputation d'une des villes les plus agréables du pays. Cela changeait d'Albuquerque. De loin, en pénétrant enfin dans une petite rue transversale encadrée de maisons de plain-pied, proprettes, c'était bien Luiz, le sourire jusqu'aux oreilles et les bras largement ouverts pour embrasser tout ce qui aurait le bonheur de franchir le seuil de son logis. Son embonpoint avait progressé.

*style baroque indigène du Mexique

Il contrastait avec la silhouette squelettique d'une vieille femme à ses côtés. Sa mère sans doute.

Accolades, embrassades, Luiz était sincèrement ravi de retrouver ce couple de gringos ; Jeff, y su guapa. « C'est vrai qu'elle est jolie ! Tu n'as pas menti » s'extasia Luiz en reculant pour mieux la contempler. « Rosario a préparé un repas typique de la région que nous prendrons ce soir sous la treille. »

Jeff à son tour, le fixa droit dans les yeux exprimant une infinie reconnaissance.

« Sans toi, rien n'aurait été possible. Cette idée de faire un essai des antennes… Un réflexe de maintenance qui nous a sauvé la mise ! »

Luiz se contenta avec bonheur de laisser dire. Il était sincèrement heureux de leur visite. « Vous êtes les bienvenus ici dans la maison de ma mère ! » dit-il humblement en soulignant ô combien il était exceptionnel qu'un couple d'Américains traversât cette frontière inexpugnable, pour venir au Mexique. « Venez, venez ! Ici il y a un rituel. Le soir nous ferons le paseo au Cerro de la Campana. Le tout Hermosillo s'y rencontre à partir de dix heures au soleil couchant, autour de la Plaza Bicentenario. Vous verrez, c'est magnifique ! Ici les gens s'habillent. Ce n'est pas comme chez vous au nouveau Mexique. »

La chaleur de l'après-midi était suffocante, plus de quarante degrés. Dans la pénombre protectrice du salon, Jeff mit à jour avec Luiz, ce qu'il savait de Pioneer.

— Comment as-tu appris qu'il est maintenant en orbite terrestre ? interrogea Jeff.

— La Nasa a communiqué sur CNN il y a presque trois semaines. Elle annonçait le retour d'un vaisseau russe venu de très loin, sans plus de détails.

La semaine suivante, c'était un astronome amateur qui avait publié sur You Tube une vidéo.

— Tiens, je te la montre, dit-il en extirpant de sa poche son fone pour le tendre à Jeff.

— C'est bluffant ! L'image n'est pas stable, mais on reconnaît bien le curieux assemblage d'un Soyouz avec un vaisseau cargo Progress, remarqua Jeff.

Ce train spatial était suivi d'un énorme cylindre.

Aucun message de l'équipage ?

De quels membres l'équipage était-il constitué, songea Jeff ? Selon Luiz, la Nasa reprochait aux Russes de n'avoir averti aucune agence spatiale. C'était pourtant la moindre des choses !

Tout portait à croire qu'ils allaient envoyer une navette pour récupérer les passagers. Pioneer n'était plus qu'à 380 km d'altitude. Pourquoi tardaient-ils et n'entamaientils pas dès maintenant la phase de rentrée dans l'atmosphère, après dix ans passés dans le vide interstellaire ? Étaient-ils encore vivants ? Peut-être que les mises en garde du METI par l'entremise de Tiffany étaient justes : les extraterrestres n'avaient peut-être aucune raison de communiquer avec nous. Étaient-ils hostiles ? Jeff mourrait d'envie d'en savoir plus quitte à retourner à Navacelles pour tenter, par l'entremise de Carole, de communiquer avec l'équipage par télépathie. À une distance de 380 km au lieu de 5 années-lumière, ce devait être dans ses cordes.

Cathy, en furetant sur le Web à propos de l'agence Roscosmos, récupéra une autre information de première importance. Les Russes dont le budget spatial était pratiquement nul, n'avaient plus réalisé la moindre mission habitée depuis cinq ans. Disposaient-ils encore d'un lanceur prêt à voler à la rescousse de Pioneer et de cosmonautes bien entraînés ?

François, que Jeff avait rencontré à Paris devait en connaître un rayon sur leur potentiel. Cela faisait deux raisons de se rendre en France.

L'appel d'Anton le convainquit d'y aller. Il lui avait promis deux grosses surprises.

Cité des Etoiles - Chtchiolkovo

Une petite femme dans sa blouse blanche, enchâssée entre les accoudoirs d'un siège baquet bancal, sans style et sans prestige, semblait ânonner en lisant les feuillets qu'elle venait de disposer sur le bord de la grande table. Personne ne l'entendait vraiment. Elle ne s'en rendait pas vraiment compte. Elle ne percevait aucune réaction de l'auditoire âgé et respectueux, alors que dans ce lieu emblématique, son témoignage était pourtant de la plus haute importance.

Elle s'adressait à un parterre de savants, tous portaient comme elle la même blouse de coton selon la tradition vestimentaire des scientifiques, dans cette salle immense, symbole d'un siècle d'aventure spatiale. L'auditoire murmurait tandis que ses propos semblaient n'intéresser personne. Les voix se perdaient jusqu'au plafond. Celui-ci était haut de cinq mètres environ, orné en son centre d'une allégorie en bois peint et en taille réelle. Elle représentait un Soyouz et la sortie dans l'espace de deux astronautes flottant à proximité. Il était ceinturé d'une frise moulurée représentant des étoiles, dont le vernis écaillé avait jauni. Manque de budget d'entretien ou volonté de conserver ce sanctuaire dans son jus ? Les murs étaient ornés de portraits en noir et blanc piqués par le temps. Les cosmonautes illustres qui avaient contribué à la gloire de l'ex Union Soviétique semblaient surveiller ce conseil, tels une sentinelle. Cathédrale décatie, écrin des sciences spatiales russes, elle avait été jusqu'à présent le lieu incontournable de symposiums décisionnaires, comme tout ce qui concernait « l'univers » du monde communiste. Mais la roue avait tourné et la Russie, paria du monde occidental depuis une éternité, n'envisageait plus aucun projet d'exploration spatiale. Un sursaut s'était produit il y avait vingt ans. Un milliardaire illuminé, Dmitri Bogodine, avait financé avec sa fortune, sa propre expédition dans l'espace interstellaire à la rencontre d'une autre civilisation analogue à la nôtre.

C'était pour rafraîchir la mémoire de ces crânes dégarnis, en introduction de sa prise de parole, que Sherman Emadian voulait rappeler cette épopée si exceptionnelle. La découverte de la propulsion photonique avait rendu possible le saut dans l'inconnu, à plusieurs années-lumières de la Terre. Un membre éminent du conseil s'approcha d'elle en claudiquant et d'une main charitable lui tendit enfin un micro.

— Vous nous dites que ces Kolliens sont pacifiques, qu'ils ont un métabolisme plus lent que le nôtre et n'expriment aucune agressivité, selon les témoignages télépathiques que vous venez de nous lire, mais voilà, comment récupérer l'un des leurs ? Est-il encore vivant au moins ? demanda le directeur de la Cité des Etoiles.

— Oui, il est vivant et même inquiet de savoir si on va l'abandonner en orbite, lui répondit sèchement Sherman sans vraiment pouvoir étayer ce qu'elle affirmait.

— Comment le savez-vous ? Depuis ce temps, il ne doit pas en être à une semaine près, lui répondit le directeur, non sans cacher une pointe d'ironie.

Il déplorait l'absence d'éléments concrets dans l'argumentation de Sherman. Des présomptions peut-être ? Mais pour la science, les échanges télépathiques ne valaient pas preuves. Le vaisseau n'émettait aucun message. Il était vraisemblablement trop tard pour sauver ce qui pouvait l'être. Si Pioneer se trouvait là, ce n'était que le résultat d'un pilotage automatique, qui par effet boomerang tendait à ramener à son point de départ l'astronef égaré, mais sans-doute pas le fruit d'une main consciente. De rares membres du conseil ne semblaient pas partager un avis aussi tranché. Certains avaient connu Marilyn et se souvenaient de ses dispositions étonnantes ! Le conseil ne pouvait que déplorer son impuissance. C'est ce qui les mettait tous d'accord : pas de lanceur et pas d'astronaute pour piloter un Soyouz et récupérer son improbable équipage. Une jeune scientifique au fait de ce qui se passait en dehors de la Russie et qui n'avait pas été informée de l'ordre donné par Moscou, suggéra : « Pour le lanceur, n'y a-t-il pas la possibilité de s'inscrire pour un vol privé, à bord d'une fusée Dragon de SpaceX par exemple ? ». Quant à l'astronaute, elle suggéra de solliciter l'Esa. Les relations en leur temps entre Roscosmos et l'Esa avaient été fructueuses, mais depuis vingt ans, on ne pouvait que déplorer l'absence d'échanges et de projets communs, situation politique oblige…

Sherman Emadian attendait qu'on lui tende la perche. Cette suggestion tomba fort à propos.

—À fusée américaine, équipage américain. J'ai votre candidat. Il est motivé. Grâce à lui, Pioneer est parvenu jusqu'à nous. Il s'appelle Jeff Magnus. Il était scrutateur au VLA.

—Scrutateur, mais pas pilote ! À supposer que SpaceX accepte de conduire une manœuvre de rendez-vous spatial, comment votre candidat va-t-il se débrouiller dans un Soyouz qu'il ne connaît pas ? interrogea le directeur.

La jeune scientifique intervint à nouveau et précisa que le prochain vol d'une fusée Dragon aurait lieu dans dix jours et qu'il restait trois places disponibles.

—Je vous recommande Jeff Magnus, dit Sherman Emadian. C'est votre travail de le former et de le rassurer.

Après tout, n'était-il pas le seul candidat possible pour mener à bien une telle mission ?

—Et ça coûte ? demanda le directeur.

—$ 400 000, répondit-elle, après avoir consulté le portail flatteur de SpaceX avec son fone.

Ils seraient probablement deux, lui et sa charmante compagne. Elle était indispensable pour le soutenir dans cette épreuve que beaucoup de têtes brûlées n'oseraient imaginer. Ce n'était pas plus onéreux que de deux ou trois drones d'oligarques, et encore, sans l'option peinture pailletée.

Le délai, et les modalités de ce projet contraire au protocole, ne transgressait-il pas l'ordre de « laisser faire » du Kremlin ? Les membres du Conseil, dépassés, ne firent preuve d'abord d'aucune réaction. Avaient-ils le choix ? Dépense mise à part, commanditer la mission d'un Américain à bord d'une fusée de la compagnie SpaceX, pourrait passer inaperçue et être démentie de la part de Roscosmos. Si ça se passait mal, ils disposeraient d'un boulevard pour charger les américains.

Après avoir salué l'auditoire, Sherman Emadian évoqua la fabrication d'un scaphandre de taille spéciale pour le kollien qui devait mesurer plus de deux mètres, selon son estimation. Elle avait déduit sa taille à partir des lois d'échelles, celles qu'avait développées le prix Nobel, Igor Kolli. (*Allusion au roman Explora.*)

Ce projet unique et audacieux avait provoqué un électrochoc. Grâce à lui, le site de Chtchiolkovo sortait de sa léthargie. Galvanisé par le défi, tous se mirent rapidement en ordre de bataille pour faire l'inventaire de ce qui marchait encore : simulateur, piscine, centrifugeuse ainsi que le personnel de formation disponible. Il restait une semaine pour apprendre à un novice à gérer une sortie dans l'Espace et faire atterrir un Soyouz... Les ingénieurs de Roscosmos fouillèrent les archives et retrouvèrent enfin les plans de ce vaisseau de conception spéciale proche d'un Meccano.

Comment un Soyouz ainsi qu'un module Progress avaient-ils été modifiés pour constituer un train spatial destiné à traverser l'Espace interstellaire ? Le Soyouz ainsi adapté pouvait-il toujours rentrer dans l'atmosphère terrestre ? Le bouclier thermique était-il toujours en place ? Pioneer, avait été prévu pour un aller simple à destination de Proxima du Centaure, sans jamais devoir revenir sur Terre.

L'inscription de Jeff Magnus et de Cathy Bennett pour le prochain vol sur la compagnie SpaceX ne posa, elle, aucune difficulté.

- 10 -

Cirque de Navacelles

À la recherche d'un rare terrain plat disponible, ils se posèrent sur une aire abandonnée non loin de la Vis qui serpentait paisiblement au fond du canyon. Celle-ci devait être la terrasse d'un ancien restaurant en vue de Navacelles. Là où tous les mercredis, les touristes s'étaient disputé le plat du jour, emblème de la gastronomie du Larzac. Il n'y en avait jamais assez. On conseillait de venir tôt. Maintenant, ce terrain aux dalles fissurées envahi de tiges conquérantes assurait la fonction de décharge d'une charpente de pergola démantibulée depuis longtemps. Couverte de champignons et de lichens, encadrée d'ailantes, signe ô combien révélateur d'un lieu abandonné, elle décourageait toute velléité d'exploration. Anton connaissait très bien l'endroit ! Il ne voulait pas les y accompagner et leur avait suggéré de se rendre directement sur place. En haut de la butte, la porte de la bâtisse aux volets proprets — elle semblait être la seule habitée — s'ouvrit. Un grand black se présenta devant eux tout sourire en leur souhaitant bienvenue. Tout d'abord très surpris, Jeff rassembla ses souvenirs.

— Abdou ? C'est bien toi Abdou ? Le chamanisme à Caussanel, c'est ça ?

Éclats de rire et poignée de main. Avertie par ces liesses spontanées, la jeune Céline vint les rejoindre. Jeff était très surpris de voir ces deux jeunes si heureux ensemble ! La différence de taille, de teint et d'origine culturelle interrogeait sur ce qui avait pu former ce couple improbable, dont on devinait la complicité des sentiments. Sans doute était-ce la raison pour laquelle Anton avait lâché l'affaire ?

— Oui, Abdou vit avec nous maintenant, précisa Céline. Il fait beaucoup de bien à ma mère, grâce à ses pouvoirs et à sa patience. C'est mon sorcier ! disait-elle en lui frictionnant vigoureusement le dos par affection.

Jeff et Cathy précédant le jeune couple, pénétrèrent dans la salle, aveuglés par le contraste entre la lumière intense du soleil de midi et l'obscurité entretenue de la pièce. En s'avançant vers l'âtre dans la grande salle qu'il n'avait vue que de nuit, Jeff crut à une vision tant il ne s'y attendait pas :

— Sherman Emadian ? C'est vous ?

— Oui, Monsieur Magnus. Je suis venue rendre visite à Carole.

Elle rit à son tour. Elle avait travaillé son anglais universitaire pour la circonstance.

Carole, elle, avait retrouvé le sourire, des couleurs au visage. Terminés ses petites gênes maladives, ses problèmes de santé !

Sherman les invita à s'asseoir dans la *suffragerie*, autour de la table maîtresse de la maison, pour leur faire part des récentes nouvelles. Elle jugea qu'il était important de témoigner de la réaction des députés à la Douma, lorsqu'ils avaient été informés du retour de Pioneer. On parlait à Moscou d'une rumeur d'échange d'otages : l'astronaute Marilyn Tusseau de l'Esa contre Oleg Ruskin, le dernier Tsar de la fédération, condamné depuis dix ans par la cour pénale internationale. Il purgeait sa peine à Helsinki. Ce plan diabolique avait même été confirmé par un journaliste de Russia Today, jusqu'à ce que la présence à bord de Marilyn ait été jugée comme très improbable. Si elle était à bord, vivante, le vaisseau aurait dû communiquer. Or depuis qu'il tournoyait en orbite basse, on n'avait capté aucun signe d'une quelconque présence. Pour les Russes, il n'y avait ni humain ni humanoïde à sauver. Aussi, logiquement, s'en étaient-ils désintéressés.

Abdou intervint alors pour raconter la thérapie de Carole. Il l'avait patiemment accompagnée et s'était rendu compte que ce n'était pas Carole qui manquait de facultés télépathiques, mais Marilyn qui avait volontairement coupé les ponts avec elle. Il l'avait si souvent encouragée à répéter ses tentatives de communication avec son amie. Un jour Marilyn se manifesta enfin. Elle était profondément déprimée par sa décision de rester là-bas, alors qu'elle avait cru pouvoir oublier d'où elle venait. Tout contact avec Carole lui rappelait la Terre et la plongeait dans une profonde mélancolie. Elle était très étonnée du vol retour de Pioneer. Cela lui faisait mal car elle avait refusé de revenir. Mais elle était enthousiaste de savoir que Darien, le Kollien qu'elle connaissait, était sorti vivant de son voyage depuis Proxima du Centaure. Ces derniers étaient entrés en contact par la pensée. Aussi, Marilyn rassura-t-elle Carole : il était bien vivant et il attendait que l'on vienne le récupérer. Alors que Jeff et Cathy n'accordaient aucune importance à ce lieu, curiosité des Causses, Abdou ajouta que le site de Navacelles était béni des dieux, par ses qualités exceptionnelles à concentrer les messages télépathiques. Ni à Tanout, ni à Tessaoua, il n'avait éprouvé de telles facilités à entrer en relation avec les esprits. Aussi, avait-il suggéré à Carole d'ériger là, près de la Vis, un totem à la gloire de Mawu, la déesse suprême. Il n'avait pas encore trouvé la pièce de bois à tailler pour ça. « Je lui ferai des traits d'ange comme le visage de Céline », disait-il en la regardant avec tendresse.

Jeff ne voyait pas où Sherman voulait en venir. Cette histoire sentait le chantage. Pourquoi s'était-elle déplacée ? Assurément, ce qu'elle désirait plus que tout, c'était récupérer cet humanoïde vivant pour l'étudier dans son laboratoire et achever ainsi les recherches biologiques de son mentor Igor Kolli. Cela faisait vingt-cinq ans qu'elle attendait ce moment. Sa rencontre avec Jeff à Moscou, la nouvelle tant espérée qu'il apportait l'avait comblée ! Devant une telle opportunité, elle était prête à tout. C'était bien à elle de convaincre les responsables de la Cité des Étoiles de voler à sa rescousse.

Elle avait d'abord déchanté en constatant qu'il n'y avait plus vraiment de cosmonautes russes entraînés, disponibles pour une mission prochaine. Puis avait surgi la proposition déterminante d'un vol commercial à bord de Crew Dragon. Sans prendre les formes, elle lança tout de go à l'adresse de Jeff :

—Jeff Magnus, vous êtes Américain, pas encore cosmonaute et déjà missionné par Roscosmos pour récupérer un extraterrestre à l'insu des autorités russes.

N'est-ce pas très transgressif ! conclut Sherman, non sans adresser un clin d'œil à Cathy.

—Vous le prenez par son point faible. C'est habile, répondit Cathy en tournant son regard vers le visage de son aimé. Il était déjà parti dans le cosmos à réfléchir…

Après un long silence, Jeff acquiesça.

—Navacelles City, centre de décision du plus ambitieux programme spatial de la décennie ! ironisa-t-il.

—Monsieur Magnus, vous avez juste le temps de vous rendre à Chtchiolkovo pour un entraînement accéléré. Cathy, vous faites aussi partie du vol, bien entendu !

- 11 –

Nasa GFSC – Washington

La Nasa, une institution qui faisait encore rêver il n'y a pas si longtemps… avait perdu de sa superbe depuis les missions sur Mars, coûteuses en budget et surtout en vies humaines ! Oublié l'esprit pionnier du vingtième siècle lors de la conquête de la Lune, de la première station spatiale Skylab et de tout le savoir qu'elle avait accumulé et qu'elle partageait universellement, par vocation. Il y avait longtemps qu'en Floride, des centaines de regards n'avaient plus fixé durant des heures d'attente, un haut cylindre immaculé, celui d'Apollo ou d'Artémis, sur fond d'océan et que dans le centre de contrôle de Cap Canaveral, le silence n'avait pas été rompu par l'ingénieur qui au bout du long décompte n'avait prononcé « ignition ». Pour ces spectateurs assidus, l'émotion n'était pas sans rappeler la tension dramatique des films hollywoodiens. Depuis le crash de l'ISS dans le Pacifique au point Nemo, plus le moindre dollar n'avait été consacré, au sein du majestueux bâtiment du GFSC Visitor Center à Washington, à un vol habité dans le vide stellaire. Cela ne faisait plus rêver le peuple Américain. Depuis 2035, la Nasa s'était recentrée sur la haute technicité des sondes destinées à photographier et à prélever des échantillons sur tous les astres du Système solaire. Elle recourrait massivement à la sous-traitance auprès de compagnies privées comme Boeing, Grumman et bien sûr SpaceX. D'ingénieurs et de chercheurs passionnés, les effectifs s'étaient progressivement mutés en froids gestionnaires d'affaires, surveillant avec une acuité extrême leur enveloppe budgétaire, chassant tout avenant et écart de planning. Leur rôle était de présenter à leur hiérarchie une image nette et maîtrisée de leur projet. Plus de passion et d'imprévu au M.W. Jackson building, siège de la Nasa ! C'était dans ce climat qu'une réunion à propos de la comète UN431x allait bientôt se dérouler.

— Tu es sûr qu'ils viendront ces péquenots d'Albuquerque ? demanda Gérald Jansky.

— Oui, rassure-toi. On aura le directeur du VLA, Andrew Thomson, c'est un gars bien, très fiable, ainsi que l'un des découvreurs de la comète, lui répondit Archie Dickens, son subordonné.

— Ah ouais, fit Gérald. Il s'y croyait vraiment ce mec ! Magnus, je crois qu'il s'appelait. Jeff Magnus, c'est bien ça ?

— Oui, mais ce n'est pas lui qui sera là. C'est son codécouvreur, un certain Curt Roy.

— Pas entendu parlé.

Confortablement installés dans des chauffeuses Barcelona, les deux compères patientaient dans l'antichambre de la grande salle du conseil au 24e étage. Derrière ses impressionnantes lunettes en écaille, G. Jansky, nerveux, relisait ses notes, non sans pilonner l'épaisse moquette rouge de son talon. Une chose le tarabustait : le vaisseau avait stoppé sa trajectoire, puis était reparti pour atteindre l'orbite basse terrestre. Il n'avait aucune explication plausible et vérifiable à donner. Assurément, c'était la première question qu'on allait lui poser et il serait bien incapable d'y répondre. Il prit conscience alors que cette réunion pourrait se révéler un piège pour sa carrière.

— Qu'est-ce qu'on sait des Russes ? s'adressa Gérald nerveusement à Archie qui lui, restait d'un calme olympien.

— Pas d'infos. Ils ne nous ont pas contactés.

Les portes de l'ascenseur s'ouvrirent pour déverser une horde de gestionnaires froids, les « laughing boys », habillés comme des corbeaux, la mine coincée, comme s'ils quittaient une messe d'obsèques, ou qu'ils faisaient partie du FBI. D'un pas alerte, ils rejoignaient en meute la grande salle. L'un d'eux tendit la main à Gérald en passant et sans s'arrêter, par excès d'humanité sans doute. La moquette de couleur crème de la grande salle, était encore plus épaisse que celle de la salle d'attente, si bien que tous les bruits y étaient étouffés comme dans une chambre anéchoïque. Le directeur de la Nasa prit place derrière un pupitre, souhaitant au préalable la bienvenue d'un ton neutre et détaché. Il rappela la dernière circonstance où ils s'étaient tous réunis ici, puis aborda rapidement l'ordre du jour. Archie Dickens fut, comme premier intervenant invité à décrire les faits.

En quelques phrases bien choisies, Archie confirma que la comète UN431x, découverte par deux scrutateurs du VLA, n'était en réalité qu'un vaisseau russe, baptisé Pioneer. Lancé il y avait vingt ans environ, il revenait de Proxima du Centaure. L'orateur ajouta qu'on n'avait pas de certitudes sur l'équipage mais que très probablement, il y avait un extraterrestre à bord.

Raclements de gorge d'étonnement dans la salle que même la super moquette ne put atténuer.

Les conciliabules commencèrent alors qu'Archie rejoignait son siège. Gérald lui décocha un coup de coude de satisfaction. « C'est bien ce que tu as dit. C'était pro ! »

À son tour, l'adjoint du directeur de la Nasa prit le micro. Il déplora qu'une fois encore, les russes n'avaient prévenu personne. Affichant un air des plus graves, il prononça le terme « pandémie », ce qui alimenta de plus belle le brouhaha. Il invita le binôme du VLA à faire part des circonstances de leur découverte. Curt Roy, sans la moindre émotion dans le regard s'avança, les bras encombrés de cahiers. Après avoir gauchement manipulé ses documents, il ouvrit l'un d'eux sur le pupitre. Il mentionna alors les relevés successifs qui l'avaient conduit à soupçonner que cette comète ralentissait. Baptisé *UN431x*, il ne pouvait s'agir d'un astre, mais plutôt d'un corps artificiel, un vaisseau, avec sa trajectoire pointée vers la Terre.

— Quelles intuitions ils ont ces gars du SETI ! Heureusement qu'ils sont là !

— Il parait que l'on vient de fermer et de démanteler le VLA, indiqua l'un des auditeurs. La décision viendrait du METI.

— On n'apprécie pas trop le SETI et le METI, mais là, ils ont fait une grosse boulette.

Rires ironiques communicatifs…

Les discussions informelles se poursuivaient. Vint le tour de Gérald Jansky de prendre la parole. Il se trémoussa derrière le pupitre en exhibant toute sa collection de tics nerveux avant de lancer d'une façon lapidaire : « Il y a probablement un extraterrestre bourré de virus. Alors, il faut détruire ce vaisseau, tout du moins l'éloigner. On ne peut pas prendre de risque ! »

Silence dans la salle. Un blanc dont la moquette n'était pas responsable.

— Pourquoi tu dis qu'il faut le détruire ? demanda le directeur de la Nasa. Il y a un risque, certes. Mais comment vois-tu les choses avec les Russes ? J'ai entendu dire qu'il y avait peut-être une astronaute de l'Esa à bord ?

Les délibérations revinrent sur le thème de la pandémie. La peur prit le dessus sur toute autre considération. « Ce Martien, il ne faudrait pas qu'il vienne contaminer notre planète ! » Et pour compliquer la décision : « S'il y a à son bord une astronaute de l'Esa, pourquoi le vaisseau n'a-t-il pas déjà atterri ? »

— Il n'y a personne d'humain là-dedans, s'écria l'un des administrateurs. Gérald a raison, il faut le détruire !

Le garant de l'inventaire des satellites et des vestiges de l'activité spatiale humaine qui gravitent autour de la Terre, fit remarquer que le vaisseau se trouvait à une altitude de 400 km, soit sur une des orbites les plus utilisées pour les missions habitées. Désintégrer un vaisseau de quarante à soixante tonnes sur cette orbite, revenait à interdire pour longtemps toute mission ultérieure, à cause des collisions fatales qu'occasionneraient ses débris.

Un chercheur éminent évoqua des arguments plus positifs : « À supposer qu'un humanoïde ait choisi à son tour de traverser l'espace interstellaire pour nous rendre visite, tout comme l'astronaute qu'avaient envoyé les russes, cet humanoïde doit certainement avoir des intentions pacifiques. Une mission comme celle-là ne ressemble pas aux prémices d'une conquête hostile. Sinon, ils seraient venus très nombreux avec une flotte de leurs propres vaisseaux. Non, ce serait plutôt un gage de confiance envers les humains. Nous n'avons aucun moyen, nous ni les russes, de le réexpédier d'où il vient. » Ce point de vue tempéra la position des membres de la réunion. Ils se mirent d'accord sur la formulation d'un communiqué à l'attention de Roscosmos. Chacun y alla de son adjectif qualificatif : irresponsable, impardonnable, dangereux, risqué, non préparé…

Une mise en garde finalement restreinte à la mention de : « prévention d'une possible pandémie. » fut rédigée à l'adresse des russes. Une quarantaine devait être mise en place, dans un espace étanche, sans que l'on fixe d'ailleurs la durée d'isolement. Bien entendu, celle-ci devait être longue pour ne prendre aucun risque. L'extraterrestre qui allait être récupéré était forcément porteur de virus inconnus et incontrôlables.

11

A bord de Crew Dragon

Le lancement avait été programmé pour le 13 août. Avant d'entamer les préparatifs d'embarquement à proprement parler, le responsable de la mission commença par appeler chaque passager, lui demander sa nationalité et le nom de sa police d'assurance, tout en s'assurant que chacun était bien porteur de son passeport, au cas où… C'était après tout un vol commercial de la compagnie SpaceX.

La bienvenue souhaitée, chacun revêtit sa combinaison fabriquée sur mesure, une sorte de costume blanc, de style Courrège légèrement *doudouné*, dont les extrémités, pieds et chevilles jusqu'aux mollets, les mains, et même l'entrejambe étaient recouverts d'une épaisse couche de caoutchouc moulée, comme si elle avait été réalisée par trempage dans une fontaine de chocolat. Le scaphandre de Jeff ainsi que son casque, constituaient un équipement beaucoup plus conséquent que celui des autres astronautes, sortie dans l'Espace oblige… Le stress commençait à l'envahir. Pour oublier ce qui l'attendait, il se tint à l'écart et se ménagea un peu de temps pour relire ses notes, avant qu'on l'aide à se vêtir. Assis dans son coin, il affichait un mutisme ténébreux que Cathy ne lui connaissait pas. Ce n'était pas de prime abord la rencontre avec un humanoïde aux intentions inconnues qui l'inquiétait, mais l'oubli d'une consigne, une possible erreur d'exécution des manœuvres qu'il pourrait commettre par manque de concentration. Cela compromettrait leur retour. Astronaute des plus novices, il avait tout appris sur Soyouz en quelques jours, comme d'autres acquerraient une langue étrangère en un temps éclair avec Berlitz. A la Cité des étoiles, l'assurance presque condescendante des formateurs, l'avait agacé, comme leurs explications ponctuées de : « c'est simple, tu verras, c'est très simple ». Il n'en croyait pas un mot. Pensif, il déroula le film rhodoïd qu'il allait devoir placer, tel un masque, sur les centaines de boutons de commandes. Y figurait la transcription en anglais de leur signification gravée en caractères cyrilliques : une aide précieuse, assurément ! Tel un pilote d'avion, on l'avait doté d'un classeur rempli de petites fiches d'instructions sur lesquelles étaient résumées les étapes du vol de rentrée dans l'atmosphère. Il allait devoir enchaîner la séparation d'avec le module Progress, un premier retournement, suivi de la séparation d'avec le module de commande du Soyouz, puis à nouveau un retournement. L'actionnement des rétrofusées et enfin la vérification du déclenchement du dispositif pyrotechnique du parachute allaient devoir leur assurer un atterrissage dans des conditions nominales. Après ces étapes cruciales, on n'attendrait plus rien de lui. Tout allait se dérouler selon un protocole bien rôdé, maintes fois répété lors de la récupération des cosmonautes de retour sur Terre. Les techniciens ouvriraient alors la capsule et les extrairaient chacun, l'un après l'autre, avec les précautions nécessaires. Avant d'en arriver là, il espérait que son équipier inconnu n'allait pas paniquer, se mettre tout d'un coup à gesticuler jusqu'à déclencher par mégarde quelque chose de vital. Pour la première fois de sa vie, il était accablé par le poids des responsabilités qu'on lui avait confiées. Cathy essayait de le réconforter en lui caressant l'épaule de sa main gantée de caoutchouc. « Je te préfère en Hells Angel ! » ironisat-elle, réflexion sans importance prononcée comme pour l'aider à évacuer son inquiétude. Il fit une grimace après lui avoir saisi la main et la porta à son visage, en lui faisant comprendre qu'un geste de sa part dans ce costume d'opérette était privé de toute sensualité. À son tour de se grimer. La combinaison russe n'avait pas la même souplesse que celle des autres passagers, et de loin ! Il avait besoin de l'aide de deux assistants pour l'enfiler, les jambes d'abord. Les bras, c'était encore à se démantibuler les articulations. Lui vint à l'esprit qu'il allait devoir aider un humanoïde à faire de même. Allait-il comprendre et l'accepter ? Ce costume de bonhomme Michelin une fois en place lui sembla très ajusté pour le Kollien dont la taille n'avait été qu'estimée… Aurait-il les proportions d'un corps humain ?

Tous les cinq prirent place dans la capsule Crew Dragon. Jeff s'étonna de son volume intérieur, de la taille de sa vaste ouverture comparée à celle minuscule du sas de Pioneer qu'il aurait à franchir dans l'Espace avec tout son équipement. L'équipage comptait, outre l'unique pilote, un milliardaire Texan ainsi que Bob, un cosmonaute retraité de la Nasa, indispensable pour aider à la manœuvre du rendez-vous spatial et faciliter la sortie dans l'Espace de Jeff. Harnachée sur sa banquette, Cathy se trouvait à proximité immédiate de son compagnon. Elle avait la possibilité de tourner la tête et d'apercevoir son visage à travers la lunette de son casque. Pas lui…

Après une attente interminable pendant laquelle seul le pilote s'affairait à scruter son moniteur et à répondre à la tour de contrôle, se produisirent enfin les vibrations de plus en plus violentes causées par l'allumage des moteurs.

Égrènement des dernières secondes du compte à rebours, puis survint, brutale, la poussée du décollage, conséquemment plus forte que celle de sa Harley à laquelle il était habitué. Les trois minutes de vol jusqu'à l'atteinte de l'orbite basse lui rappelaient celles de la montée du grand huit du parc d'Orlando. Elles étaient si interminables qu'elles mettaient à mal leur confiance. « Pourvu que ça s'arrête bientôt ! »

Comme dans une cabine d'avion une fois la phase de décollage terminée, un signal lumineux indiqua qu'ils pouvaient détacher leur harnais. La capsule était vraiment spatieuse ! Suffisamment pour prendre son pied en flottant dans l'apesanteur, plaisir non dissimulé dont abusa le Texan. On fit preuve d'indulgence à son égard car, d'une certaine façon, il avait financé plus de la moitié de la mission. On en vint même à proposer des bourbons à boire avec une paille, servis dans des sachets translucides.

Jeff, lui, n'avait pas la tête à s'amuser. Il était resté concentré, attaché à sa banquette, attendant d'en venir au fait, impatient de suivre les instructions du vétéran de la Nasa.

Après les émotions ludiques de la découverte de l'apesanteur, le pilote annonça être en vue de Pioneer. Les accélérations de Crew Dragon pour s'en rapprocher au plus près, exigeaient à nouveau de prendre place sur les banquettes, d'enfiler son casque et de s'attacher pendant les manœuvres.

À travers l'un des hublots, ils aperçurent un long train cylindrique fantomatique. Tout bosselé, Pioneer était constellé de traces brunâtres dues aux milliards d'impacts de micrométéorites rencontrées pendant vingt ans de traversée du cosmos. Il ressemblait plus à une épave qu'à un vaisseau conquérant. Les dommages parfois très visibles le long du fuselage qui se détachait sur le halo ténu de l'atmosphère terrestre rappelaient les blessures d'un vieil animal marin : stigmates d'épreuves qu'il avait subies dans l'Espace, il les exhibait fièrement comme celles du cachalot Moby Dick. Pour Jeff et Cathy il émanait de cette forme sombre, presque organique, une impression de mort qui leur glaça les sangs.

Elle se retourna face à lui, le casque retiré, forçant un sourire d'encouragement. Elle voulait lui passer de bonnes ondes, l'apaiser, exprimer à quel point elle avait confiance en lui, ce qu'elle exprima par un frottement appuyé sur son bras en signe d'affection. Vêtu de son scaphandre, presque d'une armure, c'était le seul contact qu'il pouvait ressentir… ou pas. Les mots étaient inutiles. Ils le déconcentreraient. Bob, l'instructeur, prit le relais de sa voix grave et posée. Il le rassura. Sur une illustration du vaisseau qu'il tenait déployée dans son champ de vision, il porta son attention sur la porte du sas. Puis, par un hochement de tête, il chercha le signe que Jeff avait compris où il voulait en venir. Par cet accès, il allait devoir pénétrer dans le vaisseau sans mettre en danger la vie de son précieux passager. Non, pas par celui du Soyouz ! Un autre dessin décrivait l'environnement, c'est-à-dire la manette d'ouverture de la porte ainsi que la poignée de commande de purge d'air. Avec des gestes appropriés, en saisissant l'encombrant paquetage, il lui rappela que tout devait rentrer dans cet espace exigu avant de le refermer et le mettre en pression. Ces opérations, Jeff les avaient apprises et répétées dans la piscine d'entraînement de la Cité des Étoiles.

En regardant à nouveau par le hublot, il déplora être si loin de Pioneer. Ne pouvait-on pas se rapprocher ? Il devait faire confiance en son gilet de rétrofusées conçu pour se diriger en autonomie. Cathy ressentit chez son compagnon le début d'une inquiétude qu'il essayait de maîtriser.

Elle l'aida à pénétrer dans le sas de Crew Dragon avec son paquetage qui entrait au chausse-pied. Ainsi contorsionné, elle ne pouvait plus surveiller son attitude au travers de l'expression de son visage. L'ordre de fermer la porte résonna, lapidaire… Bob purgea le sas.

Cathy voulut se rapprocher du hublot, mais la place était prise. L'instructeur prodiguait ses conseils : « Vas-y ! Assure-toi que tout est bien complètement sorti. Le filin, c'est OK ? Il est bien accroché ? » On percevait qu'avec l'effort, la respiration de Jeff s'amplifiait et s'accélérait. Il s'éloignait et avait déjà franchi presque dix mètres depuis son point de départ. Il actionna les rétrofusées pour prendre un peu d'élan. Ses bras et ses jambes commençaient à s'agiter de façon erratique, comme s'il hésitait, sa trajectoire n'était pas la bonne. Et il cria dans son casque. « Tout ce vide. J'ai l'impression de tomber ! C'est pire que le vertige ! »

Cathy confirma à l'instructeur que Jeff était sujet au vertige.

« Ne regarde que l'accès par lequel tu entreras dans Pioneer. Ne te laisse pas distraire par le reste. C'est ton unique objectif ! » lui rappela Bob.

Sa trajectoire rétablie, une fois agrippé au vaisseau, il eut du mal à saisir les prises pour s'immobiliser. Il empoigna la manette de la porte cherchant du regard au travers du hublot ce qu'il y avait à l'intérieur. C'était peine perdue, impossible de discerner quoi que ce soit. Son entrée dans l'habitacle se ferait en aveugle, ajoutant encore à son angoisse.

« C'est bien, encouragea Bob. Détache le filin maintenant et retire lentement ton gilet de rétrofusées. Dès que tu seras prêt, ouvre l'écoutille ! »

Il s'appliqua et sa respiration devint alors plus régulière. Lors de cette phase, il était très vulnérable. S'il venait à lâcher, il était foutu… En avait-il conscience ?

Il prit le luxe d'agiter le bras en guise de salut. C'était bon signe. Sans doute se souvenait-il des propos rassurants de Sherman à propos de ce qu'il allait trouver à l'intérieur ?

Il n'eut pas de réelles difficultés à s'introduire avec son précieux colis dans le sas de Pioneer. La porte se referma. Bob lui passa le dernier message qu'il pouvait entendre : « Bonne chance Jeff. Dis-toi que quand vous serez face à face, il sera aussi terrorisé que toi. Trouve des gestes apaisants pour le rassurer et tout ira bien »

La porte intérieure grinça avec force lorsqu'il l'ouvrit. Le bruit agressa ses oreilles. Il contrastait avec le silence du vide spatial qu'il venait de traverser. Un sifflement s'amplifiait au fur et à mesure que l'air remplissait le sas. Raté pour une rencontre toute en douceur. L'intérieur était éclairé. En ouvrant la porte en grand, il eut du mal à identifier ce qu'il avait devant lui tant le capharnaüm était complet. Enfin il aperçut l'objet ses appréhensions et de ses tracas. Il était là ! L'humanoïde était blotti recroquevillé dans un coin du vaisseau : bien en vie. Dès qu'il le vit, il tressaillit comme si une décharge électrique inouïe lui traversait le corps de la tête aux pieds. Un frisson instinctif provoqué par la peur de l'inconnu, sans doute.

Sans le quitter des yeux et comme s'il faisait face à un fauve et épier la moindre réaction hostile, Jeff déplia lentement le scaphandre qui lui était destiné. Il devait aussi le revêtir. Cette protection était indispensable pour préserver sa survie en phase de rentrée dans l'atmosphère. Il se raccrocha au conseil de Bob : rassurer le Kollien, ne lui montrer aucun signe d'hostilité, au contraire, exprimer bienveillance et bienvenue ! Jeff retira son casque pour lui montrer son visage et s'approcha en délaçant son gant qu'il réussit à arracher avec force pour libérer sa main. Il la lui tendit. La créature, immobile avait des yeux d'un noir uni. Immobiles, ils n'exprimaient aucun sentiment. Sa physionomie ne trahissait ni crainte, ni hostilité ni la moindre empathie. Cependant, à son tour, elle aussi lui tendit sa main. Un geste universel si lourd de sens dont on n'a pas conscience de l'importance qu'il revêt ! Jeff chercha le contact : doigts contre doigts, paume contre paume, ils se touchèrent… Sa peau était froide.

Un message de Crew Dragon vint tout troubler… « Vous n'êtes pas seuls. Il y a deux vaisseaux à proximité. Leurs équipages ne vont pas tarder à vous rendre visite. L'un est chinois et l'autre… iranien. Si tu peux accélérer, Jeff ? Ils n'ont pas d'intentions pacifiques, tu t'en doutes. »

Jeff ignora l'avertissement et prononça : « Bienvenue, je suis Jeff Magnus » en mettant sa main sur sa poitrine. Sa voix avait une étrange sonorité, plus aiguë qu'à l'accoutumée. En réponse, la bouche minuscule de l'inconnu émit quelques syllabes qui ressemblaient à une langue que Jeff avait déjà entendue et qu'il ne comprenait pas. Après déduction, il se dit que cela pouvait être du russe, langue qu'il avait probablement dû apprendre au contact de Marilyn. Il crut saisir son nom : « Darien ».

Tel un mime, Jeff simula les gestes appropriés pour qu'il enfile à son tour son scaphandre, opération nécessaire avant de pénétrer dans le Soyouz pour s'y réfugier. Il tenait le pantalon face à lui à la manière d'un toréador empoignant sa muleta.

Darien avait saisi ce que Jeff attendait de lui et entreprit de chausser le bas de la combinaison. Il introduisit d'abord avec aisance ses membres longilignes, puis elle résista, rétive. Jeff lui prêta main-forte : il se plaça derrière son dos et tira vers lui avec force le haut du pantalon. Au prix de contorsions, tous deux liés l'un à l'autre, ils flottaient en apesanteur dans le volume du vaisseau et sous l'impulsion de leurs gestes, percutaient les parois, telle une boule de flipper. Leurs efforts communs scellèrent entre eux un début de complicité mutuelle. Comme des copines en virée shopping, rien de tel qu'un essayage vestimentaire pour se faire un ami ! Darien essaya encore d'articuler des mots qu'une annonce depuis le haut-parleur interrompit :

« Ici Bob. La porte du vaisseau iranien vient de s'ouvrir. Fais vite Jeff ! »

Il se rua sur l'ordinateur de vol et ne perdit pas de temps pour programmer la propulsion photonique de la partie principale de Pioneer afin qu'elle se soustraie, moyennant une temporisation, à la prédation des visiteurs indélicats. Le laser ultra-puissant du moteur qui permettait au vaisseau de s'approcher la vitesse lumière pouvait constituer une arme extrêmement destructrice ! Ils gagnèrent aussitôt leur place dans la capsule de rentrée, Jeff harnacha son compagnon de vol et initia la séquence de commandes propices à leur atterrissage : la séparation du Soyouz, le retournement…

Durant l'application des consignes exécutées machinalement avec fébrilité, le stress de Jeff était maintenant oublié, tout semblait facile. Il était mû par la volonté de confier son précieux passager à d'autres, à des scientifiques compétents qui sauraient lui prodiguer des soins, mieux l'accueillir et communiquer avec lui. Dans moins de cinq minutes, il n'aurait plus rien à gérer. Une fois au sol, les équipes de Baïkonour procéderaient à leur prise en charge et les « dorloteraient comme des nouveau-nés ». Dès qu'il ressentit la secousse du parachute, il ferma les yeux. L'influx nerveux que son corps avait produit durant cette dernière heure, l'avait vidé. Il s'abandonna, inconscient.

12

Camping sauvage – Khazakstan

Le froissement que produisait son vêtement lorsqu'il se tournait et se retournait nerveusement sur sa couchette finit par le réveiller. Il était maintenant enveloppé dans une combinaison en Tyvek, tel un poisson en papillote. Son visage était couvert d'un masque translucide. Le tout devait être étanche. La procédure de quarantaine se disait-il dans cette tente carrée minuscule… En tournant la tête à droite, il se rendit compte qu'il partageait son infortune avec le rescapé allongé non loin de lui. Tous deux semblaient abandonnés dans ce lieu silencieux, désert, sans âmes qui vivent. Le corps de « l'autre » ne bougeait pas.

Il profita de ce moment de calme pour l'observer de plus près. En se levant, Jeff fut pris d'un violent mal de tête. Il inspirait avec difficulté, comme s'il manquait d'oxygène. Sans doute, les avait-on conditionnés tous les deux dans la même atmosphère spéciale, vraisemblablement celle du vaisseau, la même que celle de la planète dont il provenait. Un protocole que les scientifiques de Baïkonour avaient jugé propice à son acclimatation progressive. Jeff se dit qu'il devait à ses dépens en subir les effets collatéraux. Même si la raison pouvait justifier cette situation d'isolement dans laquelle tout contact avec un humain était proscrit, il réalisait qu'il avait été abandonné sans aide ni soutien, seul, avec la créature. Celle-ci ressemblait à s'y méprendre à un humain. En tout cas dans le vaisseau, l'humanoïde s'était montré coopératif, preuve qu'il saisissait ce qu'on attendait de lui malgré la barrière d'incompréhension entre espèces. Il avait prouvé être en bonnes dispositions envers lui en se pliant aux contraintes du vol retour, il fallait le reconnaître. Une similitude de réactions étonnantes qu'il réalisa après coup. Un niveau d'intelligence équivalent, conduit-il à des comportements proches, mutuellement compris, entre espèces si éloignées? Il était maintenant soucieux de son devenir. Et maintenant, si ça se passait mal, s'il venait à mourir ? Y aurait-il un médecin à proximité ? Qui était responsable ? Malgré tout, il se sentait capable de gérer la situation. Tout était une question de temps. Une semaine, d'accord, mais au-delà… Jeff se rappela avec inquiétude que les cosmonautes de l'ISS en mission pendant six mois devaient être isolés de deux semaines à un mois. Il n'était pas près de revoir Cathy ni de déguster un bon T-bone steak…

Tiraillé par la faim, il aperçut une sorte de poche aménagée dans l'une des parois de la tente. Elle s'ouvrait avec une fermeture éclair et contenait deux plateaux-repas identiques. Jeff les extirpa de ce garde-manger de fortune. Légumes cuits, fruits, eau minérale. Il n'y avait pas de nourriture carnée. On avait dû supposer que l'humanoïde était végétarien. « Ce petit bloc de papier avec un stylo, quelle bonne idée ! » Ils pourraient ainsi jouer à « Dessiner c'est gagner » pour se faire comprendre.

« Darien, Darien un nom proche de Terrien… » L'odeur des petits pois finit par abréger son sommeil. Il se redressa lentement et s'assit face à Jeff sur le bord de sa couchette. Il aperçut son plateau posé à ses pieds, le saisit, le posa sur ses genoux et retira lentement sa cagoule étanche. Jeff avait ainsi tout loisir de le dévisager. Ses yeux noirs analysaient le contenu du plateau, sans envie ni rejet. Darien évitait de porter son regard sur Jeff, en détournant légèrement la tête. Celle-ci était proportionnée et en harmonie avec le reste de son corps. Rien à voir avec celles des mythiques extraterrestres, E.T. et autre Yoda. Minuscule était l'ouverture de sa bouche. Pour ingurgiter les petits pois, cela allait. Il les introduisait un à un avec ses doigts. Il semblait même les apprécier ! Mais à l'évidence, sa mâchoire ou ce qui en faisait office, ne lui permettait pas de ronger une bonne côtelette croustillante. Il était bien veggy, assurément.

Il tâta la pomme, en évalua la fermeté, la renifla et la laissa sur son plateau sans même chercher à en croquer un morceau. Il n'avait peut-être aucune dent ? Jeff entreprit d'essayer de lui faire goûter. Il coupa sa propre pomme en une multitude de bouts minuscules puis la lui apporta dans une coupelle. Un maigre succès : il en suça deux morceaux… Puis il se leva pour faire le tour du propriétaire. Apparemment, il cherchait la sortie.

Jeff voulut rompre le silence et l'entendre communiquer. Il prononça sous forme interrogative quelques phrases en anglais. Il reçut en réponse quelque chose d'articulé qui ressemblait au russe.

Jeff saisit son bloc pour écrire deux requêtes :

Quand est-ce qu'on sort ?

Il nous faudrait deux paires de lunettes de traduction*. L'une anglais - russe et l'autre russe - anglais.

Il fut extrêmement étonné d'observer « Darien » griffonner à son tour sur son bloc. C'était un dessin des plus explicites les représentant en train de s'enfuir de la tente. Les plateaux reprirent le chemin du garde-manger, les pages écrites du bloc bien en évidence.

Les interminables heures de solitude, de calme et de désœuvrement leur permirent de s'observer mutuellement, de se comparer.

Darien, inopinément, entreprit d'ôter sa combinaison. À quoi pouvait-elle servir, pour lui ? Il se dénuda entièrement et resta debout. Sherman avait raison, il avait la taille d'un basketteur et devait courber la tête en contact avec la toile du faîte de la tente. Il invita Jeff à faire de même.

*Dans EXPLORA, Marilyn utilise des lunettes de traduction. La paire de lunettes affiche le texte traduit sur un des verres de ce qu'elle vient d'entendre.

Tous les deux, côte à côte tournèrent ensemble sur eux-mêmes, levant les bras, levant la jambe, joignant leurs mains, pied contre pied, comparant ainsi leurs anatomies.

En dehors de la couleur de peau, ils constatèrent beaucoup de similitudes apparentes.

Jeff eut l'idée de fredonner un des airs de Courtney Barnett qu'il affectionnait. Il essaya de discerner dans l'attitude de Darien, s'il accrochait au rythme de cet air country. Rien de tout ça ! Il semblait insensible à cette chanson.

Pour lui rendre la pareil, il émit à son tour des vocalises. D'abord ténues, monotones, elles se complexifiaient avec des harmonies et des ondulations. Après chaque respiration, sa mélopée était entrecoupée de claquements très forts qui n'étaient pas sans rappeler le chant d'un oiseau ou le cri d'un singe de forêt tropicale. Cela n'avait rien d'entraînant ni de poétique. Absence d'émotion ? Plutôt une démonstration de performance de ses cordes vocales. Le bruit provoqua sans doute l'inquiétude de ceux qui les surveillaient à une distance non sociale. Une femme en blouse survint presque affolée. En les apercevant, elle frappa vigoureusement la toile de la tente, enjoignant les deux nudistes à remettre leur combinaison. Elle repartit avec les plateaux, ils ne savaient où.

Enfin munis de leurs lunettes de traduction, les deux campeurs s'essayèrent enfin à faire connaissance. C'était bien le russe que parlait Darien, mais il ne lisait pas l'écriture cyrillique qui s'affichait sur son verre de lunette. La traduction de ce que disait Jeff en anglais lui échappait. Il fallait une traduction simultanée.

Cette dernière difficulté ne l'empêcha pas de se lancer dans de longs monologues que Jeff encourageait à poursuivre par un bref mouvement du poignet. L'évocation de sa rencontre avec Marilyn ne provoqua chez lui aucune intonation spéciale, aucune expression dans sa physionomie, si bien que Jeff eut l'impression qu'il avait à faire à une machine dénuée de sentiments, une sorte de robot bionique. Après tout, Darien était-il peut-être un robot ? Il avait survécu à une épreuve physiquement éprouvante durant ces dix ans de vol interstellaire !

Jeff en eut un malaise, comme s'il avait été trompé. Il voulait faire part de ses doutes aux savants qui les surveillaient. Il griffonna sur son bloc et plaça le billet dans la cavité. « Est-on sûrs que Darien ne soit pas un robot ? »

Et si cette créature devant lui n'était qu'une antenne d'observation de la civilisation humaine en lien direct avec les Kolliens ? Une disposition bien pratique pour espionner à cinq années-lumière de distance ! Peut-être avait-elle des pouvoirs cachés ? Sherman Emadian l'avait mis en garde : ils étaient dotés d'une puce greffée à l'emplacement de la tempe droite. C'est dans cette zone que se concentrent le maximum de neurones du cortex cérébral spécialisés dans la parole. La puce avait pour fonction de court-circuiter les cellules normalement dévolues à la communication naturelle, apprise dans l'enfance, pour forcer les organes du langage à articuler les phonèmes d'une langue préalablement téléchargée. Elle leur permettait de parler n'importe quelle langue non apprise au départ. Cette puce conférait à ceux qui en étaient dotés des pouvoirs étendus, comme communiquer par la pensée et lire les émotions d'autrui, comme par télépathie. Marilyn avait accepté la greffe pour l'aisance du langage mais elle avait le sentiment qu'on pouvait lire en elle à livre ouvert. C'était pour cette raison qu'elle avait coupé les ponts avec Darien.

Le billet en réponse mentionnait : « On ne sait pas ». Jeff se remémora la phase du vol de rentrée dans l'atmosphère où il s'était évanoui. Son passager, lui, avait dû rester conscient pendant l'atterrissage et lorsque les techniciens de Roscosmos les avaient aidés à s'extirper de la capsule. Qui aurait eu l'idée à ce moment précis de lui prélever du fluide corporel pour s'assurer qu'il s'agissait bien d'une créature vivante ?

Il fallait faire avec l'inconnu. Heureusement, le lendemain on leur apporta un casque de traduction. Jeff fit comprendre à Darien que des lunettes, il n'en avait plus besoin. À la place, il lui ajusta un casque sur la tête en estimant avoir bien identifié l'emplacement et la fonction de ses excroissances latérales, supposées tenir le rôle d'oreilles. Il distingua aussi une proéminence caractéristique de forme carrée sous sa tempe droite.

Durant toute cette période de quarantaine Jeff avait eu tout le loisir d'échanger avec Darien à propos de la civilisation de l'au-delà, celle de Proxima du Centaure, sans doute la seule du monde explorable pour nous. Les autres étaient si éloignées que l'on pouvait les considérer hors de l'univers concevable.

Parmi ce que racontait Darien, surgissaient des souvenirs d'une relation très proche entre lui et Marilyn. Elle avait été plus intense que ce qu'il aurait pu imaginer…

Un jour, alors que l'attente devenait de plus en plus pesante, ils reçurent cette information moins laconique qu'à l'accoutumée : on allait les transférer aux États Unis ! Sous-entendu, cela voulait dire que les russes acceptaient de les lâcher. Était-ce crédible ? Pour expliquer ce fait nouveau à Darien, il fallut simplifier. Que pouvait signifier pour lui la Russie, les États-Unis et leurs différences ? Jeff lui annonça qu'ils allaient être déplacés ailleurs, dans un environnement plus hospitalier.

Après avoir prononcé « hospitalier » Jeff se demanda ce qu'il pouvait en comprendre. Il rectifia : un lieu plus grand et plus humain… À Darien d'interpréter ce que voulait dire : « plus humain ».

13

Oracle - Arizona

Plus pressé qu'à l'habitude, il avait sa tête des mauvais jours, la mâchoire en guise d'éperon, conquérante, l'air péremptoire, alors qu'en la circonstance il lui faudrait faire preuve de tempérance et d'un sens aigu de la diplomatie pour concilier la position des Russes et des Américains.

Baïkonour avait fait le premier pas en confiant aux États-Unis le rescapé de Pioneer. La Nasa, par l'entremise de Gérald Jansky, avait exigé une quarantaine de longue durée. Elle avait chargé ce dernier de mettre en place de façon confidentielle dans un lieu isolé voire hermétique, une cohabitation approfondie avec un groupe d'humains pour qu'il s'acclimate sur Terre et aussi… pour que les humains appréhendent cet extraterrestre, sans hostilité, en ravalant leur peur.

Pourtant, ce n'était pas la Nasa, mais bien la société SpaceX qui avait suggéré le lieu le plus approprié pour mener à bien cette expérience. Cette dernière avait tenu le rôle de facilitatrice pour que tout devienne possible. *Entre milliardaires, on se comprend.* Le petit-fils d'Édouard Bass qui avait financé le projet *Space Biosphere Ventures* — il y avait déjà plus de cinquante ans — acceptait de mettre à disposition Biosphère, sorte de lazaret singulier, afin de poursuivre la quarantaine de l'extraterrestre. Situé au pied des monts Santa Catalina en Arizona, ce site, en raison de son extrême isolement, avait été jugé idéal à l'époque de l'expérimentation Biosphere2 dans les années 90. Une équipe de volontaires restreinte à cinq hommes et cinq femmes y avaient simulé la vie en communauté, prélude à la colonisation de Mars. Un immense dôme vitré avait été érigé, clos, étanche et suffisamment vaste pour subvenir à leurs besoins pendant une durée de confinement de deux ans. L'eau, les plantes, l'atmosphère en constant renouvellement, tout avait été pensé et mis en place pour assurer l'autosuffisance biologique de ce monde terrestre en miniature, transposé pour la future conquête d'une autre planète.

Le défi de cette vie au sein d'une même équipe, telle qu'elle avait été menée jusqu'à son terme, avait profondément marqué Gérald Jansky. Aucun de ses membres n'avait rompu l'isolement malgré les querelles et les rivalités qui n'avaient pas manqué de survenir. Aucun, sauf Laura qui était sciemment tombé enceinte. Elle était la seule à n'avoir plus supporté les relations parfois malsaines entre un chef auto proclamé et les femmes du groupe, au point d'exiger d'accoucher hors de Biosphère.

Biosphère, allait maintenant devenir l'écrin d'une cohabitation entre un extraterrestre et des humains. Ce complexe à l'architecture singulière, recyclée depuis très longtemps en un centre d'attraction pour tourisme familial allait vivre une seconde jeunesse. Éviter une pandémie n'était plus la motivation principale de Gérald Jansky ni des Russes d'ailleurs, tous en convenaient. Jeff n'avait-il pas vécu dans la promiscuité avec le Kollien, deux semaines durant, sans pathologie apparente ? Ce qui intéressait les scientifiques, c'était l'impact psychique que cette créature allait produire sur un groupe restreint d'humains. Était-elle animée de mauvaises intentions ? Comment eux, allaient-ils réagir face à l'attitude de Darien s'il devenait hostile et conquérant ? Ils ne pourraient pas fuir, devraient-ils se défendre si nécessaire ? Tout avait été prévu pour enregistrer les conversations et filmer les zones de vie communes. Les débats portèrent sur la possibilité ou non d'équiper chaque membre du groupe d'un moyen de communiquer avec l'extérieur. Pour les Américains, l'isolement devait être total. Les Russes eux, considéraient que seule Sherman Emadian, la biologiste, devait en être dotée. Ils l'avaient d'ailleurs proposée comme responsable du groupe. Ils estimaient qu'en cas de réactions suspectes chez son « cobaye » ou chez les humains, elle devait pouvoir alerter à tout moment. C'était sur un écart de comportement que l'on pouvait déceler en premier lieu une anomalie d'attitude de l'humanoïde à l'égard des humains plutôt que sur des symptômes physiques anormaux. Aussi la Nasa proposa son psychologue pour ce rôle de vigie. Si des évènements physiologiques bizarres venaient à apparaître, il serait alors trop tard pour protéger ceux qui pouvaient l'être encore. Pour mettre tout le monde d'accord, aucun *fone* ne serait admis dans la sphère. Un rendez-vous quotidien, à heure fixe, de part et d'autre de la vitre de la porte d'entrée, allait permettre de signaler l'apparition d'un danger éventuel avec un code visuel connu des deux protagonistes. Les responsables du projet se mirent d'accord là-dessus. On aborda évidemment le sujet des armes. Le psychologue écarta la possibilité d'en avoir, s'appuyant sur les faits divers si nombreux de fusillades pour un simple différend. Il ne croyait pas que Darien fut capable d'intentions létales. Tous se rangèrent à son avis. Pas d'armes. Puis on procéda à la présentation des participants réunis dans une sorte d'antichambre avant qu'ils pénètrent dans la serre principale.

 Outre Darien, de sexe mâle, l'équipe comportait trois hommes et quatre femmes. Les Américains avaient sélectionné bien entendu Jeff et Cathy. Archie Dickens désigné par Gérald avait trouvé un prétexte médical imparable pour ne pas en être. Il avait été remplacé par Joe, psychologue diplômé de l'Université de Columbia, vedette de la chronique hebdo du développement personnel, tous les mercredis soir sur Fox News. Un gars positif ayant réponse à tous les tracas des auditeurs. À l'idée de participer à cette expérience de vie commune avec un extraterrestre, il avait rompu immédiatement son contrat exclusif avec la chaîne et jubilait d'enthousiasme. Le bouquin qu'il allait écrire sur ces trois mois de vie entre deux espèces se vendrait à coup sûr à des millions d'exemplaires à l'instar du roman de T.C. Boyle, qui après tout, n'avait témoigné d'une expérience similaire, qu'entre humains. Tout le monde s'était interrogé sur la présence de Vassili de l'équipe Russe : un jeune homme athlétique à l'aspect antipathique. Son appartenance à la famille du KGB transpirait par tous ses pores. Sous couvert d'une pseudo-compétence en astronomie, il ne trompait personne sur son rôle de garde-chiourme. Il était tout l'inverse d'Archie dont la bonhommie n'avait pas fané. Jelena Bacic, Russe, d'origine Croate, était la toubib du groupe. Il en fallait une bien sûr ! Cette belle femme d'une taille inhabituelle, s'animait avec de grands gestes en parlant fort lorsqu'elle conversait, ce qui la rendait sympathique, alors qu'au repos sa physionomie semblait dubitative, fermée. Il était évident que « KGB », sans le laisser paraître, en pinçait pour elle. Parmi les membres, Jeff avait reconnu Bilgüün, l'assistante de Sherman qui lui avait conseillé les gâteaux à la cannelle lorsqu'il était à Moscou. Elle allait devoir rédiger le mémoire de cette expérience, poursuivant ainsi la thèse inachevée de sa tutrice.

Enfin, ils étaient invités à entrer dans Biosphère avec leurs effets personnels. Une voix monocorde les guidait à distance vers leurs quartiers respectifs. Chacun disposait d'un lieu de vie individuel avec couchage et bain. Curieusement, les fenêtres des alvéoles privatives ne donnaient pas sur l'extérieur, mais sur l'espace central de la sphère qu'ils partageraient en commun. Était-ce un choix délibéré destiné à forcer les interrelations ? Pour préserver l'intimité, il n'y avait que de simples rideaux que tous tirèrent machinalement sans exception.

La voix prononça un discours d'adieu dont on pouvait penser qu'il était issu d'une intelligence artificielle, tant l'humanité dans le ton lui manquait. Elle clôturait le processus de leur entrée dans les lieux, non sans insister sur cette référence : « En cas de difficulté relationnelle ou d'organisation, je vous invite à consulter *Terranaut*. L'ouvrage est une excellente référence sur la vie en groupe en pareille circonstance ! » T.C. Boyle avait très bien décrit les sentiments et les réactions des dix membres de l'expérience Biosphère2. Enfin, l'ultime « passager » pénétra à son tour avant la fermeture pour trois mois de l'espace de quarantaine.

Darien s'avança à la rencontre des autres membres de l'équipe, investit la zone commune en s'asseyant sur un tabouret de bar, seul siège à sa taille au demeurant, à proximité de la cuisine. Il se positionna ainsi face aux autres, bien en évidence, selon la consigne qu'on avait dû lui inculquer. Sherman était fascinée par son apparition. Cela faisait si longtemps ! Elle découvrait enfin cet être qu'elle avait tellement étudié par touches de déductions scientifiques sans jamais avoir pu l'examiner, même en photo. Les seuls indices qu'elle détenait provenaient des brèves descriptions télépathiques de Marilyn. Elle ne put laisser échapper un fou rire, tant on l'avait habillé de façon si grotesque ! Un pantalon trop court qui flottait sur ses jambes fluettes et par contraste, une chemise XXXL à carreaux que l'on avait dû dénicher dans un magasin pour trappeur. C'est avec un bonheur non dissimulé qu'elle s'approcha de lui et le dévisagea. Les différences physiologiques d'avec nous, comme la taille de son nez et de ses orifices auditifs lui confirmaient les effets sur sa morphologie d'une gravité moindre que sur Terre et son adaptation à une atmosphère plus ténue. Restait une énigme : la taille de sa bouche, minuscule. Que pouvait-il donc ingurgiter ? Pas d'alimentation carnée assurément. K530 était-elle une planète dépourvue de proies et d'animaux d'élevage ? Malgré ses particularités physiques, les traits de son visage étaient harmonieux et obéissait à une logique fonctionnelle dont seule la nature est capable par une lente adaptation au milieu. Restait ce regard avec ses grands yeux noirs. Il n'était pas hostile, loin de là…mais plutôt effacé sans exprimer le moindre sentiment. On pouvait en dire autant de ces muscles fasciaux désespérément figés. Sherman en déduisit que la télépathie devait se substituer chez lui à la communication par le langage corporel.

Après un long moment d'immobilité et de silence, chacun du groupe, tiraillé par la faim peut-être, s'était approché à tour de rôle pour remuer fébrilement les portes des placards tout en feignant de l'ignorer. Ce n'était pas ce Kollien qui suscitait l'intérêt mais plus prosaïquement le contenu de la cuisine et du frigo. Était-ce le signe d'une appréhension, voire d'une peur non maîtrisée face à l'inconnu ? Sherman mis-à-part, personne ne toisa « l'autre » du regard. Était-ce la prudence, ou la crainte de provoquer chez lui un malentendu, telle la réaction instinctive d'un chien dangereux ?

En trois mois, on aurait bien le temps de faire connaissance. L'important à l'instant, c'était l'inventaire de ce que l'on pourrait se mettre sous la dent ! Et puis, il dégageait une odeur ténue vraiment curieuse, peu avenante. Elle n'était pas sans rappeler celle d'un mélange d'éther et de senteurs boisées.

Jelena n'y tenant plus :

« Il y a des pâtes et de la sauce tomate. On fait ça pour ce soir ? Tout le monde est d'accord ? » question insignifiante, posée malgré tout à bon escient. Elle avait pour but de détendre l'atmosphère. Après le silence qui régnait jusque-là, s'ensuivirent quelques acquiescements sans réelle manifestation d'enthousiasme. Venaient-ils tous de réaliser qu'ils allaient passer trois mois isolés avec cette créature ? Elle pouvait aller et venir en toute liberté. Était-ce prudent ?

Pour le Kollien, les humains étaient plutôt bizarres. Ne préféraient-ils pas d'abord satisfaire leur appétit ? Quel manque d'attention et de curiosité à son égard ! Darien partit dépité, si on peut prêter un tel sentiment à un humanoïde. Il alla explorer les essences d'arbres fruitiers, les maraîchages, cherchant là, à son tour, les espèces qu'il allait pouvoir consommer. Il découvrait les formes et les couleurs vives des abricots, des poivrons, des cerises, ces fruits miniatures qui n'avaient pas de taille équivalente là d'où il venait…Cela faisait si longtemps qu'il ne s'était pas alimenté avec de vraies plantes qui poussent !

Hommes et femmes sans exception continuaient de l'ignorer, oubliant l'essentiel, à savoir qu'ils n'étaient là que pour se rapprocher et partager leur quotidien avec lui. Lorsque vint l'heure du dîner, il s'assit parmi eux pour les observer. Les conversations se limitèrent aux sujets matériels. Jeff, en face de lui, le regardait avec cette expression qui semblait dire : « Te voilà pas plus avancé. Nous sommes plus nombreux maintenant, mais personne ne fait attention à toi. » Jeff désespérait de passer le relais, lui qui jusqu'à présent, tel un coach, s'était si bien acquitté de sa tâche d'accompagnement.

— Qu'est-ce que vous allez faire de lui ? demanda-t-il impatient à l'adresse de Sherman.

— Eh bien avec Jelena, on va procéder à des analyses médicales de base comme celles de son rythme cardiaque, de ses capacités pulmonaires, de son poids, de sa température corporelle et de sa composition sanguine. On en déduira son métabolisme que l'on comparera au nôtre. S'ensuivra l'observation de ses cellules, l'analyse de son ADN, de ses chromosomes, répondit Sherman en cherchant du regard l'accord de principe du docteur Bacic.

— Pourquoi est-il arrivé jusqu'à nous, à votre avis ? reprit Jeff à l'adresse de Joe.

— J'imagine que pour eux, c'est un échange. J'ai hâte de savoir et de m'entretenir…

Joe fut immédiatement interrompu par Vassili. S'il devait y avoir des interrogatoires, il exigeait d'y prendre part sans aucune exception. Joe leva les bras au ciel lorsqu'il entendit le mot : « interrogatoire ».

— Bien sûr, bien sûr, on fera ça en commun, confirma Joe.

Jugeant la réflexion de Vassili déplacée, il se plongea dans la lecture de *Terranaut.* Il tenait ce livre constamment sous le bras, comme s'il s'agissait d'un traité de psychologie.

Vassili trouva sans difficulté la salle de musculation où il allait se consacrer la plupart du temps à la culture narcissique de son corps. A part ça, il occupait ses journées à suivre assidûment la blouse de Jelena. Sherman et Bilgüün adoptèrent rapidement une stratégie de groupe en guise de défense pour lui éviter ce pot de colle. Elles se retrouvaient le plus souvent ensemble sur la plage de la rivière artificielle ou au laboratoire.

Cathy, isolée, avait été approchée par Darien. Elle n'avait pas d'appréhension à son contact. Aussi, voulait-il commencer par lier connaissance avec elle, voire un peu plus… et avait entrepris de lui rendre visite le soir dans son espace privé. Au début de leur relation, elle n'éprouvait aucune gêne face à son comportement que l'on pouvait interpréter comme entreprenant, jugeant qu'il ne cherchait pas à mal. Que pouvait-il connaître des relations entre couples d'humains ? Si cela tournait mal, Jeff le lui ferait comprendre. Elle se sentait en sécurité.

Quelques soirs plus tard, il décida que le moment était venu de passer à autre chose. Alors qu'elle faisait sa toilette et se préparait pour se coucher, Darien souleva un pan de son rideau privatif, s'avança jusqu'à elle, prit une chaise et s'assit à proximité du lavabo sans aucune gêne. Elle le laissa faire en supposant qu'il devait tout ignorer des convenances.

Il commença par évoquer sa rencontre avec Marilyn. Il l'avait trouvée si seule !

—Vous vous êtes vus souvent ? demanda Cathy,

—Oui.

—Et, après ? insista-t-elle.

—Je lui ai proposé ce que font tous les couples de kolliens quand ils s'apprécient.

Imaginant l'inimaginable, elle stoppa sa brosse à dents et en se tournant vers lui :

—Vous avez eu une relation… comment dire, sexuelle ?

— Quand Marilyn s'est fait greffer la puce dans sa tempe, j'ai pu lire dans ses pensées. On avait fait l'amour, oui. Elle avait aimé ça. Lorsqu'elle a quitté la région des montagnes d'où je viens, elle m'a confié qu'elle avait connu un autre Kollien. Elle allait le retrouver. Après, chaque fois que j'essayais de communiquer avec elle par la pensée, elle m'évitait. Elle mettait une barrière entre nous.

Cathy devina alors la raison pour laquelle Marilyn n'avait pas voulu prendre place avec lui dans le vaisseau pour un éventuel retour sur Terre…

—Et avec cet autre « ami », comment va-t-elle ?

—Je ne sais pas. Je n'ai plus eu d'échanges télépathiques avec Marilyn depuis mon départ, sauf lors de mon arrivée dans l'orbite terrestre. Avec les Kolliennes, nous avons des relations fréquentes sans pour autant nous engager.

Cathy lui demanda de quitter maintenant son lieu privé et de reprendre cette conversation plus tard. Elle comprit que la présence de Jeff ne suffirait pas à empêcher ses avances. Elle décida pour l'instant de garder tout ça pour elle.

Sherman proposa une réunion d'information destinée à tous les membres du groupe. Cela faisait presqu'un mois qu'ils vivaient ensemble, s'habituant tant bien que mal à la cohabitation. Elle avait effectué avec Jelena et Bilgüün, les analyses biologiques et physiologiques auxquelles Darien s'était jusqu'à présent livré avec docilité. À l'évidence, Il n'avait rien d'un robot. Les trois femmes avaient travaillé ensemble, chacune dans son domaine. Elles étaient fascinées par les analogies qu'il présentait avec les humains. Elles livrèrent une première explication sur ses errements nocturnes, dont quelques-unes avaient fini par se plaindre ainsi que sur son appétit erratique. La planète d'où il venait avait une période diurne et nocturne de sept heures, beaucoup plus courte que sur Terre ! Cela expliquait son lever très matinal et la durée interminable de ses siestes. Son métabolisme réduit par rapport aux humains était en accord avec sa température superficielle de 24 °C — sa main était ressentie comme vraiment froide selon les témoignages — ses prises de repas très espacées : soit une fois tous les deux jours ! Vexées au début par son refus systématique de faire honneur à leur cuisine, elles comprirent plus tard que Darien était frugal compte-tenu de ses besoins restreints en nourriture. Il se dépensait peu et se déplaçait lentement presque avec nonchalance. Son squelette, ses muscles, son réseau sanguin pouvaient facilement être confondus avec ceux d'un homme, à leur taille près. Son sang, d'aspect verdâtre, était la cause de son teint gris peu engageant. L'analyse microbiologique de la constitution de ses cellules, de ses chromosomes et de son ADN venait d'être confiées à un laboratoire extérieur. Des mesures comparatives de la taille et de la section de ses os, de son volume crânien et de sa fréquence cardiaque concordaient avec la théorie d'échelle rappelée par Thomas Séon et appliquée par Igor Kolli. La comparaison entre l'anatomie des kolliens et celle des humains était en adéquation avec le rapport entre la gravité de K530 — la planète de Darien — et celle de la Terre. Les biologistes du groupe en avaient conclu par comparaison, que l'Evolution n'avait pas cheminé de façon très différente à l'évidence, sur Terre et sur cette planète éloignée, dans son processus de sélection d'espèces évoluées. Nous ne sommes pas le fruit d'un destin chanceux ni du hasard. Tant de similitudes troublantes se sont développées sur des astres aussi distants dans l'univers ! Un coup de pied dans l'imagination humaine avec ses personnages fantaisistes de la guerre des mondes ou de celle des étoiles.

La création avait-elle donc été la même dans tous les mondes habités ? Qu'est-ce qu'un extraterrestre pouvait-il en penser ?

Joe avait remarqué au cours d'un premier entretien avec Darien son absence en la moindre croyance religieuse.

— Pas de croyance en Dieu ? avait insisté Joe.

— Pas besoin de Dieu. Nous sommes très adaptables. D'ailleurs chez vous les Terriens, Charles Darwin prônait la même chose. Il ne croyait pas en un Dieu.

— Quel rapport avec la croyance en Dieu ou non ? avait insisté Joe.

Darien argumentait ainsi. « Si une civilisation s'adapte de façon idéale aux circonstances bonnes ou mauvaises, elle a confiance en son propre destin, nul besoin de se déconsidérer comme vous le prônez : *l'intellect humain n'est ni la source ni le lieu du vrai (Thomas d'Aquin)* au profit d'une Vérité qui ne pourrait être que divine. Nous, les Kolliens, nous sommes plus adaptables comparés à vous. Je l'ai observé. »

Joe n'avait pu s'empêcher de lui demander si ça ne l'importait pas de ne plus pouvoir revenir chez lui ? Il répondit qu'il allait faire comme Marilyn. Elle s'était merveilleusement adaptée pour vivre sur K530.

Adaptation était le mot clé que chacun avait retenu et digéré dans son subconscient. Il s'opposait au mythe si humain de la conquête à tout prix, celle de territoires, du pouvoir par un dogme religieux, enfin, plus tard, celle de l'Espace avec des vaisseaux intergalactiques immenses. Tout cela n'avait pas de sens** *(Note en fin d'ouvrage).*

Les Kolliens n'obéissaient pas à une hiérarchie lorsqu'ils s'attelaient à une tâche commune : une sorte d'anarchisme.

— Ah, non en Russie ils ne pourraient pas vivre ! pensait Vassili.

Lorsque ces propos furent rapportés au groupe, Jeff ne put s'empêcher de lâcher :

— Chez nous aussi on a vu ça ! ajouta-t-il à l'adresse de Sherman. Navacelles, oui à Navacelles, c'est bien la même chose, chamanisme excepté.

Darien était toujours présent lors des repas, moments où ils étaient tous ensemble même s'il ne se restaurait que rarement. Il écoutait sans mot dire tous ces échanges, comme s'il ne se sentait pas concerné. « Qui ne dit rien consent » disait le proverbe. Était-ce vraiment le cas ?

Jusqu'à ce qu'un matin très tôt Bilgüün, l'assistante de Sherman, poussât un cri d'horreur.

Les voisins de chambrée accoururent. Des brouhahas provenaient de l'espace privé de Jelena. On avait découvert son corps sans vie, allongé sur son lit sans aucune de trace de résistance. Son visage paraissait étrangement calme.

Aucun n'avait imaginé que la mort puisse subvenir durant l'expérience. L'effet d'un virus inconnu ? Le trio qui avait ausculté, passé au crible tous les détails de l'anatomie de Darien ne s'était pas méfié d'une possibilité de contamination : sans gants, sans masque stérile et sans combinaison.

Vassili entra à son tour. Il considérait que comme Russe, il avait la responsabilité de s'occuper seul de cet évènement gravissime. Il confirma enfin son rôle ici et son appartenance au KGB, s'octroya la fonction de policier enquêteur. En scrutant tour à tour la tête de chacun, il recherchait un acquiescement unanime de principe.

Maintenant que Jelena Bacic n'était plus, impossible de procéder à une autopsie sur place. La seule solution pour faire avancer l'enquête était d'alerter et de transférer le corps à l'extérieur par le sas. Vassili voulait cependant garder les coudées franches.

Au petit-déjeuner régnait un silence de mort. Darien avait pris place parmi eux. On le savait habitué à fureter la nuit. On avait constaté qu'il entrait dans les lieux privés des femmes à leur insu. Si on avait affaire à un meurtre, il était le suspect tout trouvé. Le visage apaisé de Jelena troublait, exempt de trace d'agonie. On lui avait donné la mort d'une manière inconnue, peut-être non humaine ?

Vassili rompit le silence en s'adressant à Joe puis à Darien.

—Nous voulons nous entretenir avec toi.

—Oui, répondit-il sans manifester le moindre embarras.

Sherman n'avait rien avalé. Transie de peur pour elle et pour Bilgüün, elle s'imaginait avoir été contaminée sans pour autant se souvenir de symptômes qui auraient pu attirer l'attention sur Jelena ces derniers jours. Elle demanda à son assistante si elle se sentait bien. Avait-elle de la fièvre ? Elle passa machinalement la main sur son front.

Jeff assis à côté d'elle remarqua son inquiétude. « Je suis resté confiné longtemps avec lui. Qu'est-ce que je devrais dire ! »

Dans l'hypothèse d'un meurtre, la liste des auteurs possibles était vite établie.

Au départ, tous les soupçons se portaient sur Darien. Sa physionomie inexpressive, telle un masque, inquiétait la plupart des membres qui ne l'avaient abordé jusque-là que de façon superficielle. Sans pouvoir saisir ses sentiments, ses yeux semblaient désespérément immobiles comme les traits de son visage. Ils ne trahissaient aucune émotion. Il était impossible de déceler ce qu'il pouvait penser. On l'interprétait comme un manque de sensibilité, une approche froide de sa relation avec l'homme. Avait-il convoité Jelena au point de la soumettre et de la supprimer ?

Il n'avait pas été le seul à tourner autour d'elle. Vassili avait été vu de nombreuses fois en sa compagnie. Quelle aurait pu être le mobile de KGB ? Avait-elle résisté à ses avances, la nuit dernière ? Il était musclé et connaissait à coup sûr les techniques létales. Il l'avait peut-être étouffée, empoisonnée ? Cela ne laisse pas de traces.

On avait du mal à imaginer chez Jeff le motif d'un tel geste. Cathy lui avait-elle parlé de sa visite de la veille ? Un crime par jalousie ?

Joe était le plus énigmatique des hommes de la bande. Il avait exprimé son désaccord avec Gérald Jansky. Ce dernier avait prôné un secret total autour de l'expérience et surtout sur la présence d'un extraterrestre parmi eux. Le but de Joe, n'était-il pas d'écrire et d'éditer un futur bestseller ? Un meurtre contrecarrait le protocole et allait lui apporter publicité. Mais, tuer pour ça ! C'était un mobile bien futile.

Chacun en vint à se méfier de l'autre, surtout la nuit. Qui avait pu penser qu'un simple rideau pour protéger son domaine privé allait suffire ? Il vint à l'idée de tous de demander à faire poser rapidement des portes fermant à clé, quelles qu'en soient les modalités.

Avant que cela soit fait et pour sécuriser leurs nuits, Bilgüün transporta son inséparable samovar électrique et son lit dans la chambre de Sherman, Cathy le sien dans celle de Jeff. Vassili, Joe et Darien restaient célibataires.

Gérald Jansky accourut dès qu'il apprit le décès de Jelena et fit une mise au point avec l'équipe externe de Biosphère. Il n'était pas question de tout arrêter et de faire procéder à une enquête par le FBI. La mort ne devait pas être connue de l'extérieur pour l'instant. Elle allait provoquer des retombées exécrables sur la réputation de la Nasa. Les Russes réclamaient le corps. Gérald accepta de le faire sortir sans attendre mais on allait éviter l'autopsie. Quel médecin légiste allait tenir sa langue en pareille circonstance ? La dépouille allait être placée en quarantaine pendant toute la durée de l'expérience jusqu'à sa restitution à la famille. Inventer une cause plausible du décès ne se révèlerait pas difficile.

Le comité de surveillance de Biosphère, et en particulier les Américains, finirent par accepter le principe d'une enquête menée par Vassili, sans aide extérieure. Mais sans autopsie, on n'allait pas en apprendre davantage !

Au fil des jours, l'atmosphère se détendit petit à petit. Un tour de rôle avait été tacitement organisé, plutôt par les femmes, pour surveiller l'activité diurne et nocturne de Darien. N'avaient-elles pas rêvé ou peut-être aperçu en pleine nuit sa face sombre et immobile en train de les observer ? Quelles pensées pouvaient traverser son esprit ? Personne n'imaginait de meurtre perpétré par un humain.

L'enquête de Vassili piétinait à l'image de cet interrogatoire mené à l'encontre de Darien :

— Pourquoi as-tu tué Jelena ? Que faisais-tu avec elle il y a trois nuits ? demandait Vassili.

— Nous avons parlé toute la nuit avec Jeff. Je n'étais pas avec Jelena, répétait-il chaque fois qu'on lui posait cette question.

Vassili se plaignait de l'impossibilité de déceler le moindre mensonge dans l'attitude de Darien. Ça ne lui était jamais arrivé. Il avait pourtant appris au KGB des techniques infaillibles.

Il ne s'attendait pas à ce qu'un Kollien se disculpât de la même façon qu'un homme lorsqu'il cache sa culpabilité. Le Russe était blême et ne put se retenir d'affirmer : « Il ment ! » Joe le retint par le bras alors qu'il voulait partir. Il lui demanda instamment de rester. Joe avait une approche différente. Ce qui l'intriguait c'était la raison de sa venue, seul dans un vaisseau d'emprunt que les Kolliens n'avaient pas conçu. Assurément, c'était une entreprise très risquée ! Il y avait deux places dans la capsule. Pourquoi pas ne pas y avoir embarqué un couple ? En acceptant de partir pour un si long périple, avait-il la moindre idée sur ses possibilités de retour chez lui ?

Vassili était à court d'idées. Chance fut donnée à Joe qui eut enfin l'initiative des questions. Il avait hâte de les poser à son tour. Il choisit de l'aborder de façon « libre », sans formalisme ni prise de notes.

« Que sais-tu de Jelena ? Tu as parlé avec elle ? » Sans vraiment s'en douter, il allait ouvrir un boulevard.

Darien raconta ses échanges avec Jelena pendant qu'elle l'examinait sous toutes les coutures. Elle lui avait confié qu'elle n'avait jamais voulu participer à l'expérience. C'était un médecin russe d'origine Azéri qui avait été sélectionné au départ. Mais Sherman s'y était opposée pour cause d'incompatibilité. Jelena avait été très intriguée par les connaissances de son « cobaye » en hibernation. Darien les avaient naturellement mises en pratique notamment lors de son voyage interstellaire. Il n'avait besoin pour ça d'aucun équipement spécial, uniquement une substance naturelle pour initier le processus. Il avait trouvé dans la serre la plante à l'odeur si caractéristique qui plonge dans la sédation profonde. Voulant expérimenter cet état, Jelena, sous sa conduite, s'exerçait à hiberner pendant de courtes périodes en ingérant de très petites doses. Le matin où on l'avait prise pour morte, sans respiration décelable, immobile et le corps froid, elle hibernait en fait. Être évacuée sans que personne ne se doute de rien, c'est ce qu'elle avait prémédité à dessein.

Joe et Vassili réalisaient l'ampleur de l'erreur qui les avaient conduits à imaginer un meurtre et à soupçonner Darien. Ils poussèrent un immense soupir de soulagement suivi de fou-rires, ils ne pouvaient pas s'en empêcher. Joe voulut savoir ce que Jeff et Darien avaient pu se dire toute la nuit :

Jeff se sentait responsable de l'impasse dans laquelle se trouvait Darien. Il était impossible de le renvoyer sur sa planète et de lui trouver un cadre de vie pérenne sur Terre, sans qu'il soit l'objet de moquerie, de convoitise et de tout ce dont les humains étaient capables devant une créature qui ne leur ressemblait pas. Il s'en voulait vraiment et maudissait son côté transgressif. S'il n'avait pas été là, s'il avait simplement obéi, rien ne serait arrivé. À force d'errer sans but, les Kolliens auraient certainement rapatrié Pioneer chez eux d'une façon ou d'une autre et l'auraient récupéré.

Il lui avait parlé de Navacelles comme futur havre pour lui, un lieu sûr et isolé exempt d'observateurs malveillants. Il pourrait là-bas, communiquer tout son saoul avec les siens et compter sur Carole et Abdou qui déjà l'accueillaient à distance par la pensée…

- 14 -

CNN center - Atlanta

« Au cœur de l'évènement », telle était la devise de cette chaîne d'information en continu, vue dans toutes les chambres d'hôtel du monde. Pour se démarquer de ses concurrentes taxées de *chicken noodle news*, elle devait chaque jour se réinventer, c'est-à-dire afficher un éditorial captivant. L'intérêt des sujets proposés se mesurait au temps d'écoute constaté avant zapping. Sur ce critère non discutable, CNN était imbattable avec une persistance moyenne du téléspectateur de trois minutes ! Un record face aux autres chaînes infestées de pubs dont l'audimat instantané ne se limitait qu'à quatre secondes en moyenne. Melissa Bell, journaliste scientifique très en vogue, était tombée sur la perle rare. Par hasard elle avait été mise en relation par le SETI, avec l'homme timide, ténébreux, apparemment sans importance qu'était Curt Roy. Il fallait laborieusement le mettre en condition avant qu'il ne s'épanche sur son domaine de prédilection. Malgré son manque d'assurance, il incarnait pour elle l'exemple d'une reconversion réussie. La première interview au téléphone fut une catastrophe, pas moins de vingt minutes avant qu'il ne se confie sur sa découverte : la probable existence d'organismes unicellulaires sur Mars, dans Mawrth Vallis précisément. La communauté scientifique reconnaissait la paternité de cette découverte à lui et à lui seul et non à la Nasa ni même à la compagnie SpaceX qui avait tout misé sur cette planète. Melissa tenait là l'un des cinq scoops que CNN diffusait quotidiennement. Il y avait urgence. Elle avait juste le temps pour travailler le sujet et en faire ressortir l'originalité. Trois minutes, c'était l'objectif de ce qu'il fallait extraire du vécu de l'ancien radioastronome du VLA, résidant à Albuquerque au Nouveau Mexique. Ses mémoires avaient été publiées sous un titre flatteur : *La preuve de vie sur Mars*. Scrupuleusement, il avait passé sa vie à relever les astres inconnus venus de l'au-delà, à la rencontre accidentelle de la Terre. Dès la fermeture du VLA, il s'était livré à l'exploration virtuelle du sol martien, avec un drone de location. Mais pas n'importe quel drone ! Un véritable bijou de technologie, capable de creuser le sol et d'effectuer des analyses biologiques d'échantillons ! Ainsi, lors de l'exploration des sédiments du lit d'une rivière fossile, n'avait-il pas émis par deux fois un signal rouge, signe de présence d'ADN ?

Melissa Bell sélectionna les questions marquantes qu'elle allait lui poser pendant l'enregistrement. Parmi celles-ci, voulait-il postuler au prestigieux concours « Greta Thunberg » récompensant tous les ans la découverte scientifique la plus frugale en émission de gaz à effet de serre ? C'était tendance, dans l'air du temps. Ce prix-là était très populaire chez les jeunes en quête de découvertes : ils exigeaient que toute avancée de la science se fasse sans contribuer au réchauffement climatique ! De la recherche sobre en ressources ! Curt n'y avait pas pensé. Elle l'encouragea, opposant le bénéfice de son approche virtuelle à la pollution massive qu'avait généré l'envoi par la Nasa de tant de sondes et de missions habitées sur Mars et pour quel résultat !

À l'autre question majeure qui lui brûlait les lèvres :

« Selon vous, les prémices d'organismes que vous avez découverts, permettent-ils de conclure à l'existence d'une vie extraterrestre intelligente ? »

Il resta évasif, comme s'il n'y avait jamais pensé…

*** Un calcul d'énergie cinétique montre qu'il faudrait l'équivalent de l'énergie électrique produite en France pendant cent ans, pour propulser un vaisseau de 40 tonnes jusqu'au tiers de la vitesse de la lumière et permettre ainsi, à un équipage très réduit, d'atteindre les planètes les plus proches du Système solaire. Aussi nous ne pourrons jamais missionner des êtres humains sur un autre astre habité, à fortiori pour le conquérir. Les lois de la physique étant les mêmes pour tous, des civilisations extraterrestres qui voudraient nous rendre visite se trouveraient dans la même impossibilité.*